BLACKWELL'S GERMAN TEXTS

General Editor - ALEXANDER GILLIES

THOMAS MANN

TONIO KRÖGER

EDITED BY

ELIZABETH M. WILKINSON

PROFESSOR OF GERMAN, UNIVERSITY COLLEGE, LONDON

BASIL BLACKWELL · OXFORD

1977

First Printed 1944
Eleventh Impression 1965
Second Edition 1968
(Reset with minor corrections and additions)
Reprinted 1977

ISBN 0 631 01810 7

Printed in Great Britain by
The Camelot Press Ltd, Southampton

Introduction

THE PLACE OF *TONIO KRÖGER* IN THOMAS MANN'S WORK

"PEOPLE say—they have even written and printed it—that I hate life," Tonio tells Lisaweta, and in making him say this Thomas Mann has criticism of his own works in mind. With few exceptions, this was the tone of critics until after the appearance of *Der Zauberberg* in 1924, and some voices even continued in the same strain afterwards. To some extent the criticism was justified, for he did not deny that he was a "Chronist und Erläuterer der Décadence, Liebhaber des Pathologischen und des Todes, ein Aesthet mit der Tendenz zum Abgrund."[1] This tendency accounted not only for the inclusion of his works in Nazi bonfires of "un-German" literature, but also for the condemnation of many who felt that such writings could offer neither a guide to positive living for the individual nor a contribution to the life of the community. They contain, as Thomas Mann is the first to admit, no attempt at social criticism: ". . . das Sozialkritische gehört durchaus nicht zu meinen Passionen . . . Die eigentlichen Motive meines Schriftstellertums sind recht sündig-individualistischer . . . kurz: 'innerweltlicher' Art."[2]

[1] *Betr.*, p. 126. [2] *Bem.*, p. 270.

But despite the element of truth in this adverse criticism it is not the whole truth. Tonio confesses that he always felt flattered when people assumed that he hated life; but he goes on: "aber darum ist es nicht weniger falsch. Ich liebe das Leben . . .", and this second confession is no less true than the first, true not only of Tonio but of his creator.

What was it in Thomas Mann's early work that justified the assumption that he hated life? What was the nature of the love he professed to feel for it? The assumption was justified because he seemed preoccupied with death—his first novel, *Buddenbrooks*, dwells with morbid fascination on its dual aspect of solemnity and decay; because he seemed obsessed with pestilence and disease, with sexual abnormalities, with physical deformities, sadistic perversions and criminal tendencies. These were the themes of his short stories. It was justified because, in his work, mind and body appeared as mutually hostile, opposites between which only a makeshift reconciliation was ever effected. Mind developed only when body began to fail, imagination manifested itself in families only when decay had set in as the line was nearing its end. Thus mind, man's proudest heritage, was intimately associated with disease; imagination, source of his loveliest dreams, with death.

How does "love of life" come into all this? Some of the characters, the artists and the sensitive, imaginative people, love the robust life they do not possess with a wistful, nostalgic love. It is a longing for something they are not and never can be; for they have no desire to alter their own nature. The loved one remains eternally inaccessible, and the consequent frustration issues at times in scorn and envy. This love bears all the characteristic polarity of the state of "being in love", with its alternation between love and hate. The hate cannot be wholly repressed—it vibrates in the very irony of the language—but this does not prevent the object being endowed with more than it possesses, surrounded with a halo born of inaccessibility. And so in these early stories the children of life are often extolled. For Thomas Mann did indeed love life from the beginning. But the manner of his loving changed as he grew, and life came to have a different meaning for him. If we would grasp the nature of this development we must first try to understand what he means by life and death.

For him both words are susceptible of a wider range of meaning than any the dictionary suggests. In protesting that he loves life it is not in any sense his own personal life he has in mind. Nor is life merely the mark of the organic as opposed to the inorganic, although this does form the basis of his conception. It is rather a principle, expressing itself primarily in the impulse of all living substance to collect into ever larger unities, in the urge of one individual to unite with another to form new life. Its aim is the preservation of the race. Noticeably in the human sphere this brings responsibility, so that the impulse to make a home, and to associate with other individuals for mutual advantage, is a further manifestation of the life-principle. Those in whom it is strong and unimpaired are upright men and good citizens, for mutual advantage involves in turn mutual service. The very existence of life in its social aspects requires the qualities of fidelity and reliability and the will to activity and achievement. Hence life is essentially ethical. It is blessed with fruitfulness and promise, since the creation of new life is an obvious link with the future and one way of eternalizing the self.

The children of life have an unquestioning approach to themselves and to the universe. They accept life ready-made, not looking for the meaning behind it. Their self-assurance springs not from their knowing, but from their being. To say that they are unaware does not imply lack of mental alertness, but a sublime unconsciousness of the universal issues beyond themselves and their own concerns.

The contours of their personality are preserved by absorption in the trivial round and common task. Of death they are unaware until it is upon them in its final physical form.

But there are others who encounter death in various disguises while they yet live. Death is the return of living matter to the inorganic state, a state marked by the absence of the tensions which characterize life. The death impulse expresses itself, therefore, not only in the general tendency of living matter to decay and die, but in the urge towards a state of equilibrium and poise, towards a complete suspension of activity. This it finds in contemplation, that mood in which

> the breath of this corporeal frame,
> And even the motion of our human blood,
> Almost suspended, we are laid asleep
> In body, and become a living soul:
> While with an eye made quiet by the power
> Of harmony, and the deep power of joy,
> We see into the life of things.

Whenever we escape the imprisoning bonds of personal existence, and lose ourselves in some reality outside us, then, for a brief moment, we merge with the essence of the universe and so experience a mystical foretaste of death. But although the death-impulse leads thus to loss of identity, it leads also to individualism, for the individual makes these adventures into the absolute alone, and returns from them with his own essential nature enhanced. It is the paradox of losing one's life to find it more abundantly. Even for immortality he is not dependent on others. For whether he is perpetuated in offspring or not, he still shares in the immortality of the universal substance from which he sprang and to which he returns. "Immer flossen die Begriffe des Individualismus und des Todes mir zusammen ... umge-

kehrt aber der Begriff des Lebens mit dem der Pflicht . . .
der sozialen Bindung . . ."[3]

Only when we venture out of ourselves in a mood of contemplation, do we attain to real knowledge of people and
things. Unlike intellectual or practical knowledge, such imaginative knowledge is pursued for its own sake, without
thought of the self or its ends. The life-principle requires
us to select from the experiences that come our way only
those which fit into the scheme of our lives. But the com-
pany of spiritual adventurers, in whom the death-impulse
prevails, do not refuse experience whatever its nature, and
are therefore exposed to evil and chaos. *Geist*, the urge to
explore the unknown, to taste of forbidden fruit, makes of
them gypsies and vagabonds. For them life is not simple but
complex. They cannot wholeheartedly champion any cause,
being too aware of the claims of the other side. So they are
forced into inactivity, and into a gentle irony which is the
expression of their torturing clairvoyance.

Life and death are then symbols for many things which
at first sight seem to bear no relation to each other, and the
polarity between them supplies the tensions within which
Thomas Mann's work moves and rests. In the early stories,
the embodiments of *Geist* are not content with their lot,
and the particular kind of artist he portrays feels his calling a burden and his knowledge a brand upon him like the
curse of Cain. The reason for this lies in his own dual
ancestry: "Die Vermählung dienstlich nüchterner Gewis-
senhaftigkeit mit dunkleren, feurigeren Impulsen ließ . . .
diesen besonderen Künstler entstehen."[4] On his father's
side he springs from a line of successful Lübeck merchants
who had borne public office with dignity and responsibility.
Bürgertum signifies for him cheerful robustness, solidly
rooted in the tangible things of life, accepting with unquestioning reverence the human cycle of birth, christening,

[3] *F.T.*, p. 175.   [4] *Tod in Venedig.*

marriage, death, proud of its no-nonsense simplicity, and uniting an immense capacity for enjoyment with the virtues of piety and industry. The old northern *Hansestadt* itself is the symbol of it all. For generations the family had fitted into this pattern of life, and with pride he calls himself "Städter, Bürger, ein Kind und Urenkelkind deutsch-bürgerlicher Kultur." But his father, "Großhändler und Senator", had so far broken with the family tradition as to marry a wife of exotic origin, born in Rio de Janeiro, the daughter of a German planter and a Portuguese-Creole. Thus there came into the family that element of the South which stands for light-hearted irresponsibility and beauty of form, the aesthetic as contrasted with the ethical of the North. It pleases him, in tracing his heredity, to recall Goethe's famous little couplet, and to suggest that he too has from his father "des Lebens ernstes Führen", from his mother the "Frohnatur" and, in the widest sense, "die Lust zu fabulieren".[5]

The polarity in his own home life is the pattern for the parentage of many of his characters. Exotic beauties frequently invade the sphere of solid respectability, bringing with them the vaguely disturbing sounds of a violin. And yet another theme on which Thomas Mann loves to dwell has its roots in his ancestry. His father, for all the self-control and achievement which had brought him honours and respect, "war kein einfacher Mann mehr, nicht robust, sondern nervös und leidensfähig".[6] Thus before the artistic element comes into the family from without, a certain disintegration has set in, a complexity has appeared which will make it difficult to meet the demands of the *Bürger's* way of life. It was this problem of *Entbürgerlichung* which fascinated him in *Buddenbrooks*. There he traces the gradual development of differentiated emotions, catching them as they emerge almost imperceptibly out of blind living.

[5] *Sketch*, p. 7.   [6] *F.T.*, p. 39.

Even in old Konsul Johann Buddenbrook plain, god-fearing piety had become "schwärmerische Liebe zu Gott und dem Gekreuzigten"; but it was left for his sons, Thomas and Christian, to take the further step towards complexity, and, although they, too, experienced "unalltägliche, unbürgerliche und differenzierte Gefühle", to feel embarrassed by the expression of them. Thomas is recognized by his fellows as "ein bißchen anders als seine Vorfahren". The effort of "die Dehors wahren" saps his vitality. Yet he cannot let things slide, for he feels that inner disintegration makes disaster from without inevitable. His façade of dignified efficiency, his tact and self-control, only sicken the feckless Christian, whose preoccupation with his own differentiated feelings is his moral and physical undoing. His exotic sister-in-law illuminates both men when she declares: "He is even less of a *Bürger* than you, Thomas." In their sister, Toni, by contrast, the blind will to live persists unimpaired, and her sense of family never flags.

The germs of *Geist* and imagination are there in the Buddenbrook family before Thomas, by his marriage, introduces an artistic element. But whereas the incipient artist in Christian stops at clumsy attempts to describe his own reactions, his nephew, Hanno, possesses artistic talent and power inherited from his mother. Along with it, however, goes an even greater lack of vitality. Ill-equipped to cope efficiently with the business of living, he sinks wearily into the world of music where he feels at home. No wonder his father rebels in his heart against the nature and development of this son, for in him he sees projected the dark shadow he fears in himself! Weary and disappointed with life, Thomas Buddenbrook, in a mood of metaphysical ecstasy induced by reading Schopenhauer, turns away from the idea of perpetuating the individual through the family: "In meinem Sohn habe ich fortzuleben gehofft . . . Was soll mir ein Sohn? . . . Wo ich sein werde, wenn ich tot bin? In

allen werde ich sein, die je und je Ich gesagt haben..."
This is the triumph of the death-impulse and bears its
characteristic mark of individualism.

In Christian, Thomas Mann has caught the very moment
when the artistic impulse emerges out of the matter-of-fact-
ness of the plain man. He struggles to do justice in words
to his highly complex reactions, to wrest from indefinite im-
pressions some precise and vivid account of them, achieving
what to him is a triumph of discovery and expression, but
to his family merely ridiculous extravagance. Thomas
analyses the stages in Christian's cycle of activity with
bitter, but none the less acute, discernment: "Wenn Du
eine Sache nur einsiehst und verstehst und beschreiben
kannst..." There is no end to the sentence, for Thomas
can find no practical end to it. That *is* Christian: all insight,
understanding, expression. But the final, practical stage of
ordinary human activity is inhibited, lost in the passion for
utterance. And it is not even the full cycle of artistic activity.
That is his undoing. He feels the urge to expression, but
lacks the power of it. He has the artistic temperament without being an artist. Such men are dangerous. Just how
dangerous we see from the story *Felix Krull*, which is, in
essence, the story of an artist without a medium. Unable to
give vent to his artistic impulses in creation, he lets them
run amok into destruction and crime.

In his youth Thomas Mann understood very well the impulse to individualism and death. His encounter with
Schopenhauer, for whom death is the real aim of life,
brought him such mystical rapture, that for a time he felt
emotionally close to suicide.[7] But it was only with one part
of himself that he understood it, and he denies that this was
the artistic part.[8] The artist's mission requires him to be at
home in many, even evil, worlds. His ideas of right and
wrong must not crystallize like those of other people. But

[7] *Sketch*, p. 25.   [8] *F.T.*, p. 175.

though he may descend into the abyss, and encounter there terrors which may well threaten to destroy him, he overcomes them. The urgency of his medium is upon him, and, by its power, he mounts again to the light to communicate his visions in shining images. It was this power of struggling from darkness to light, that Thomas Mann admired so much in Nietzsche. What he saw above all else in him was the victor over self: "die Idee der Selbstbildung, der Arbeit am Ich ... die Diesseitsbejahung."[9] "Alles, was ich vom Guten weiß und von der Selbstüberwindung", he says, "verdanke ich ihm."[10] He was the antipode of Wagner, through whom he knew evil and corruption. And yet from him, too, he drew something positive. He found in him not only the association of love and art with death, but the *Werkinstinkt*, the will to toil and endure.[11] However estranged from life a work of art may be in its content, the artist, by token of his craft and industry, is yet a true citizen of life: "denn ein Künstler ohne Lebenssittlichkeit ist nicht möglich; der Werkinstinkt selbst ist ihr Ausdruck."[12] In confessing that the finishing of any book was a feat due to his convictions about the ethics of craftsmanship, Thomas Mann acknowledges the profound debt he owed to Wagner.[13]

In two ways the artist is inevitably linked with life. Firstly, because of the sensuous nature of his medium, because through him the Word is made flesh. Secondly, because of his need to reach his fellows through communication, to share with the living what he has seen during his adventure into death. This is the inward and profound relation of the artist to life in all ages. So that art, in spite of the connexion of beauty with death, is miraculously "lebensverbunden ... Lebensfreundlichkeit, Lebensgutwilligkeit bilden doch auch einen der Grundinstinkte des Künst-

[9] *Ibid.* p. 246.   [10] *Bem.*, p. 283.   [11] *F.T.*, p. 397.
[12] *Ibid*, p. 175.   [13] *Sketch*, p. 54.

lers."[14] From the beginning Thomas Mann conceives the artist as "der Mittler zwischen den Welten des Todes und des Lebens ... Sorgenkind des Lebens, aber Kind des Lebens doch."[15] This middle position is symbolized in a quite physical way by the mixed parentage he gave to most of his early heroes. The pull between art and life seems literally to be made flesh in them. It is true that these *Bürger-Künstler* feel mainly the torture of their dual heritage. Yet the life for which they long, lies within themselves, if they could but see it. Through the father there is made manifest in them the profound connexion of every great artist with life. Only Spinell, the artist in *Tristan*, enjoys his isolation, battles with life instead of longing for it, and becomes thereby the caricature of a poet. In that story the author sits in judgment upon that deadened artificiality and parched brilliancy which are the chief dangers for the artist.

It was in creating that Thomas Mann came to a clear understanding of the relation between death and life: "Wie ich mich zum Leben verhielte und zum Tode: ich erfuhr das alles, indem ich schrieb."[16] His early creations were an essential part of him, yet only a part. The artist has the need to live through all the varied potentialities of his nature, however dangerous. But he has the power to ward off the dangers from his own life by projecting them into his work and so avoiding the destruction to which his characters succumb. Critics had cause to suspect him of hating life because of his intimate knowledge of its dark places; "aber das Wissen ist etwas anders als das Sein, höchstens ein Teil des Seins. Goethe wußte vom Werther mehr, als er von ihm war, er hätte sonst nicht fortleben und wirken können. Und der jugendliche Autor des Thomas Buddenbrok heiratete wenige Jahre, nachdem er ihn zum Sterben geleitet."[17]

[14] *F.T.*, p. 174.   [15] *Ibid.*, p. 175.   [16] *F.T.*, p. 32.
[17] *Ibid.*, p. 175.

The artist uses his dying to some purpose. He is redeemed by making the death of his contemplation fruitful. But what of the ordinary man? Is imagination in him doomed to sterility, "an aliment divine, but for mortals deadly"? Deadly, because he has no medium through which to express it? Thomas Mann's great *Bildungsroman*, *The Magic Mountain*, offers an answer to this question. It is the story of Everyman who, in his journeying through life, learns to become an artist of life, learns to use that two-edged sword, the imagination, so that it turns outward to fruitful living and not inwards to self-destruction. From his history we discover how, for the non-artist, death can be used in the service of life. "Sorgenkind des Lebens" is now the name for man in general.

Hans Castorp, the hero, is a very ordinary young man from Hamburg, about to enter on a career with a firm of "Shipwrights, Marine-engine and Boiler Makers." With a book called *Ocean Steamships* to read in the train, he sets off to visit his cousin in a sanatorium for consumptives in the Swiss Alps. He goes for three weeks and stays seven years; and there, in this magic mountain, he goes through tremendous adventures of the human spirit. For this "simpler junger Mann" loses himself to disease and love and contemplation, and does not resist the temptation to doubt and question. Led by two strange companions, he flounders in the shifting sands of philosophical ideas, wanders in devious by-ways of the intellect. He braves the destructive forces of nature and presses contact to the point where they threaten to annihilate him. Finally, alone on the mountain side in a snow-storm, he has a foretaste of that final death of the body and release of the spirit. And all the time his temperature rises, and patches appear on his lungs, and it would be difficult to say which came earlier, those disturbing physical symptoms or the inclination to spiritual adventures, which was cause and which was effect.

There he stays, remote from the activity of life in the plains, of bread-winning and family-building and co-operation with his fellows. Until war breaks out in 1914, and Hans Castorp, no longer the wide-eyed naïve young man, but open-eyed and mature, descends to the plains to fight with his fellows in their cause which he claims as his own. He accepts responsibility, not blindly, as the young man who read *Ocean Steamships* would have done, but with full consciousness. Out of the dangers of individualism he finds his way back to the community, says "yes" to life none the less certainly because he has known death.

Most people "forget the need to die continually."[18] Hans Castorp does not. Not only the artist in the narrower sense, but the artist of living must constantly re-create himself. It might seem here that chaos had triumphed over an ordered existence, that Hans Castorp had merely sacrificed a promising career for the sake of a hopeless passion, "une aventure dans le mal", as he calls it, seeking a strange language to describe an experience, so alien to his native bourgeois background. But chaos is a condition of every rebirth, and the inward results of the experience are far different from any he had consciously sought, "the purpose is beyond the end he figured, and is altered in fulfilment."[19] There are dangers in abandoning oneself to hopeless and sterile love, but hopeless love is nevertheless creative and therefore fruitful to the spirit. When Hans Castorp finally relinquishes Mme. Chauchat, it is not a defeat, but a triumph of the imagination. He has learned to transform by a creative act the compromises which life inevitably demands. If for the artist the final phase of the imaginative experience is the communication of it to others through the work he creates, for ordinary men like Hans Castorp, it is some such change of feeling or thought, resulting from the imaginative experience and issuing in conduct.

[18] Charles Morgan, *Sparkenbroke*. [19] T. S. Eliot, *Little Gidding*.

For Thomas Mann this is a book of leave-taking from many a romantic illusion, from the association of love and death and of mind and death. In his vision in the snow Hans Castorp weighs in the balance the two pedagogues who wrestle over his soul and finds them both wanting. The one, representing life, is a believer in the perfectibility of man and his condition, through science, democracy and intellectual emancipation. The other, in love with all that is dark and mysterious in human nature, stresses the value of suffering and disease, because they are a spur to man's spiritual activity. In his eyes, progress and enlightenment offer no solution to the problems of the world, and he urges the creative value of error and paradox. These two are for ever arguing which is better: death or life, sickness or health, spirit or nature. But Hans Castorp rejects these opposites which they put forward as irreconcilable. Between the two principles of life and death stands man, greater than either and embracing both. The dark forces of death, of the irrational are creative. Life itself is born of them. But they must not get dominion over our thoughts, must not invade spheres where the rational should reign. And the power which can prevent them doing this is not reason, but love, which alone is stronger than death.

Death and life are now no longer mutually exclusive as they seemed to be in Thomas Mann's early work. They are fundamental impulses, each with its own aim, which mingle in the vital process. Henceforward when he speaks of the affirmation of life, it is of life in a sense transcending the earlier dualism. And, as his conception of life changed, so too the nature of the love he bore it. It is no longer made up of longing and envy. It is the clear-sighted love of one who, having recognized himself as a valuable part of life, can appreciate those who are different with tenderness and understanding. *The Magic Mountain* marks the beginning of a period in which he effects one synthesis after another of things which had formerly seemed completely hostile: doing and knowing, body and mind, life and death. Syntheses, be it noted, not solutions. For life does not present itself to him as a series of problems to be solved, but as a series of tensions to be lived through until a synthesis is effected which will embrace the polarity of opposites.

Chief of these syntheses is a new conception of *Bürgertum*. In *Buddenbrooks* awareness and imagination were set against the background of a successful bourgeois way of life in which they were completely out of place, and the strain of outwardly conforming to standards which inwardly he had outgrown brought Thomas Buddenbrook to a weary rejection of all life. Hans Castorp springs from precisely the same background, but relieved of the strain of having to live up to standards beyond his strength, his imagination flourishes and results in a clear-sighted, but none the less triumphant, affirmation of life. The paradox is that the qualities which help him to this end are qualities of his Hamburg forefathers which, by his prolonged sojourn in the magic mountain, he might seem to have rejected. But they form his very backbone and enable him, instead of floundering aimlessly through his diverse experiences, to assimilate just so much of each as will hinge on to his own centre. In him awareness is still closely linked with failing vitality. But a spiritual life, however adventurously inclined, should not be incompatible with physical robustness. As Hans Castorp points out to the "braver Joachim", his soldier cousin, whose one thought is to get well and let awareness go hang: "Gesünder werden und klüger werden, das muß sich vereinigen lassen."[20] In the new conception of *Bürgertum* the sturdy qualities of the *Bürger* are extended into the imaginative sphere. Thus tenacity of purpose, which in the *Bürger* is directed towards practical ends, becomes transformed in the artist into pride of craftsmanship.

[20] *Zbg.*, VI.

Thomas Mann is fond of symbols to express the various fusions he effects. Nietzsche, son and grandson of protestant clergymen, is a symbol of the fusion of *Geist* and *Leben*, Goethe of the fusion of *Bürger* and *Künstler*. He is never tired of quoting the lines in which Goethe so proudly insists on his origins:

> Wo käm die schönste Bildung her
> Und wenn sie nicht vom Bürger wär!

More than any other poet, Goethe resolves the conflict between the artist and society, but this was not achieved without passage through chaos and death. He himself declared that there is in every artist "the germ of the adventurous", and only out of the abyss could figures like Werther, Mignon and Tasso, situations like those in *Stella*, *Clavigo* or the *Wahlverwandtschaften* have been created. If, in spite of his highly-strung nature, he was able to round off his life in harmony, this was due to a tough vitality of which he was fully aware. "Wer nicht mit größter Sensibilität eine ausserordentliche Zäheit verbindet", he told Eckermann, "ist leicht einer fortgesetzten Kränklichkeit unterworfen."[21]

When Thomas Mann was elected a member of the Prussian Academy, this, too, seemed to him symbolic of his own reconciliation with society and of the position which the artist must occupy in the future. He regretted the tendency of German poets to isolate themselves in "reiner Dämonie",[22] realizing that the demonic, though an indispensable element of the artist, must be disciplined by his power of communication. But he knew well enough that the suspicions of the artist about accepting an official position in the community are not to be overcome by persuasion. This, no more than any other aspect of life, is a problem to be solved externally by abstract reasoning. It is an experi-

[21] 20 Dec., 1829.   [22] *F.T.*, p. 14.

ence to be lived through until the tensions are resolved in synthesis: "Jeder Künstler ... entdeckt, zuerst mit Unglauben, dann mit wachsender Freude und Rührung, daß seine Einsamkeit und Beziehungslosigkeit eine Täuschung war, eine romantische Täuschung ... entdeckt ... daß er für viele sprach, als er von sich, nur von sich zu sprechen glaubte. Er entdeckt, daß er allenfalls empfindlicher und ausdrucksreicher als die Mehrzahl der anderen, aber nicht anders, nicht fremd, nicht wirklich einsam ..."[23]

The way from *Buddenbrooks* to *The Magic Mountain* is the way from the individual tortured by his sense of isolation to his acceptance of solidarity with his fellows. In a later novel, *Joseph und seine Brüder*, Thomas Mann goes beyond the localized sphere of Western bourgeois society to explore this same problem in its general and universal aspects. By using the Old Testament story to mirror his theme, he penetrates as far back into the mythical depths of human existence as written sources will allow. The progression to myth is foreshadowed in *Der Zauberberg*: "Man träumt nicht nur aus eigener Seele ... man träumt anonym und gemeinsam, wenn auch auf eigene Art."[24] In the Joseph books he pursues these racial dreams of man "back into the depths or time or—what is really the same thing—down into the depths of the soul."[25] Joseph, a man of dreams and visions himself, is also able to interpret the dreams of others. Looked at askance by his brothers, half in scorn, half in envy, he carries the mark of his singularity upon his brow with the same mixture of pride and doubt as those heroes of the early *Novellen*. For all his coat of many colours, he, too, must descend into the pit and know the evil that men do. Yet when he makes good in the land of Egypt, it is not by reason of his intellectual and imaginative powers alone. It is also because of his warm love of his fellows, because of that closeness to reality which made

[23] *Ibid.*, p. 16.   [24] *Zbg.*, VI.   [25] *Sketch*, p. 59.

Pharaoh appoint him minister of state. Like another Buddenbrook, "Getreidehändler", he shows his practical and social sense by buying up corn against the famine, of which he not only foretells, but foresees, the approach. His career shows a highly differentiated individual acquiring a group sense. The whole theme of Thomas Mann's life-work is epitomized in this story which represents human development from nature through individual culture towards a higher nature. The meaning for our own age is clear, an age faced with the crisis of individualism, an age in which there is a spiritual returning to the community.

.　　　.　　　.　　　.

When he began Thomas Mann was concerned solely with the individual, and not with his relation to the community at all: "Immer war ich ein Träumer und Zweifler, der auf die Rettung und Rechtfertigung des eigenen Lebens notgedrungen bedacht, sich nie eingebildet hat, er könne was lehren, die Menschen zu bessern und zu bekehren."[26] But he, who once depicted only the misfits of society, comes in the fullness of his development to the community, to the typical, to the mythical. And comes surely with a richer love, with infinitely more to give for having gone the way he did.

For we have first to become individuals before we can be anything to others. We cannot give happiness and service when we ourselves are frustrated. Or we give with that forced enthusiasm which springs from a conscience-stricken sense of duty. To criticize Thomas Mann's work as leading away from activity to the sterility of merely knowing and seeing, is to shut our eyes to the facts of human nature. For those who need it—perhaps for all—there must be time to stand and stare;[27] to think, not to act; to comment, not to

[26] *F.T.*, p. 11.
[27] Cf. M. Hourd, "The Magic Mountain of Adolescence", *Home and School*, Sept., 1941.

share; to explore their own darkness. Thomas Mann was one of these, prone to idleness and dreams, which, as he says, were necessary to his particular growth. To force such people out of their aloofness on to the world stage, by compelling them to join a party or espouse a cause, is to defeat the true ends of the community. The individual must possess the assurance that by being true to himself, and accepting responsibility for his own attitude, he can best serve the general interest. There will come a time for everyone, early or late, when he feels strong enough to face the world, when of his own accord he will come down into the plains and cry with Hans Castorp, "the battle is ours!" Everything depends on how we view the development of personality; whether as an end in itself or as a means towards the further end of transcending the personality through our relation to our fellows. "What is received in contemplation must be returned in service."

.   .   .   .

"*Tonio Kröger*—of all I have written perhaps still dearest to my heart today, and still beloved of the young,"[28] wrote Thomas Mann almost thirty years after it appeared. He conceived the idea while he was working on *Buddenbrooks* in Munich, its nucleus being a journey he made *via* Lübeck to Denmark. He wrote it very slowly, the conversation with Lisaweta in particular costing him months of work. None of it is imaginary. He was struck by the inherent symbolism and rightness for composition of even the most unimportant of the factual elements. "They were all there; I had only to arrange them when they showed at once and in the oddest way their capacity as elements of composition."[29] Even the scenes in the library or with the police-officer, which might conceivably have been invented to make the point of the story, were quite simply taken from

[28] *Sketch*, p. 29.   [29] *Ibid.*, pp. 41, 42.

the facts. And although in his description of the hero's father he departs from the autobiographical, "this tall, melancholy-looking gentleman" is no figment of the imagination. For two literary heroes of his youth, the home-bred German Storm and the suave cosmopolitan Turgenev, stood sponsor for this creation and were fused into the father-figure of his story.[30]

Tonio Kröger is the essence of the young Thomas Mann. Into it he distilled all his being as man and artist. All his childhood is there: the duality of his contrasting parentage, his hatred of school-discipline which left him no time to dream, his criticism of the masters and their manners, their impatience with his verse-making, his one friendship with a fellow-pupil and his love for his flaxen-haired dancing partner.[31] It is bone of his bone and flesh of his flesh. It is also the quintessence of many of his imaginative creations, past and future.

Above all it is the precipitate of *Buddenbrooks*. The wealth of narrative detail has been separated off, so that the problems emerge sharp-edged and crystal clear. The background is still the disintegration of a bourgeois family, but this theme, which in the novel is traced out in all its successive stages, is compressed into one sentence of the *Novelle*: "Die alte Familie Kröger war nach und nach in einen Zustand des Abbröckelns und der Zersetzung geraten." Tonio is Hanno Buddenbrook come to life again. But the author projects on to that frail figure some of the tenacity of purpose which was so strong in Toni Buddenbrook, thus endowing him with a quality indispensable to the artist. The name Tonio seems to symbolize this projection.

In a similar way some of the characters in *Tonio Kröger* insist on being born again. They become characters in search of our author. In Joachim of *Der Zauberberg* there is something of the lieutenant, but Hans Hansen has

[30] *L. u. G.*, p. 184.   [31] *Sketch*, pp. 7 ff.

gone into him too. Traits and gestures of the "blonde Inge" reappear in Mme. Chauchat. She too has slanting blue eyes, wears her thick blond hair in plaits round her head, and has a characteristic way of "die Hand zum Hinter-kopfe führen." Tonio, on the point of being arrested, pro-tests, "daß er kein Hochstapler ... sei", thereby sounding the title of a future work, *Bekenntnisse des Hochstaplers Felix Krull*, in essence an analysis of those tendencies which make "the banker with a gift for writing stories" end up in gaol! The whole theme of *Königliche Hoheit* is contained in those few lines where Tonio insists that an artist can be singled out at a glance even in a crowd: "In den Zügen eines Fürsten, der in Zivil durch eine Volksmenge schreitet, kenn man etwas. Ähnliches beobachten." This spinning of fine threads from work to work goes beyond the characters and incidents and often extends to the very phrasing. Tonio's way of gazing into space "seitwärts geneigten Kopfes" is typical of Hans Castorp too, and the whole passage about the purifying effect of literature is echoed verbatim in *Der Zauberberg*.[32]

"Mein Eigentliches" Thomas Mann calls *Tonio Kröger*, and being that it must carry within itself not only its author's past and present, but the germ of his whole future too. And we do find here, despite the clash of opposites, a foreshadowing of later synthesis, as yet only implicit, in-tuitively felt, but not worked out by the mind. At the end Tonio still stands, it seems, eternally separated from the un-aware people. Otherwise he could not have felt that they would be eternally right to laugh, even if he had produced the three greatest works of art in the world! But he loves them with a new kind of love. His heart throws across to them a bridge of tenderness and tolerance, although thought has not yet shaped the form this bridge must take if they are ever to meet. If harmony is not effected, it is

[32] *Zbg.*, VI.

partly because the author's experience is not yet equal to the task, partly because the effect of this form of art depends on extreme concentration and severity of outline. The short story distils the essence of a problem, situation or character, and must therefore deal in symbols. In *Tonio Kröger* the tensions present themselves in the form of symbolic figures and episodes which well up, rounded, whole and complete, and there is no room for those long digressions into the realm of thought, by means of which in *Der Zauberberg* a final synthesis is achieved.

II

AN INTERPRETATION OF THE STORY

1. *Its Themes*

THIS *Novelle* thus occupies a central position in Thomas Mann's spiritual and artistic development. But a work of art must contain its own justification, and to appreciate the story there is no need to know anything of the author's physical or literary antecedents, nor to have read anything else he has written. Taken in and for itself, *Tonio Kröger* is many things, above all a tender study of youth, of its yearnings and sorrows and its soaring aspirations, of the incredible bitterness of its disillusion. Herein lies, perhaps, its widest appeal. But it is also the story of the growth of a man and artist into self-knowledge, while yet another major theme is an account of the process of artistic creation. Much of this process, its later stages of shaping and craftsman-ship, lie outside our actual experience. Even these the poet may enable us to experience imaginatively, so that under his spell we embrace even the alien and unknown. But in one vital aspect of artistic creation, its early phase of "seeing" as distinct from "shaping", we share directly.

This, the aesthetic experience, is a special kind of awareness of the universe. It comes in those moments when we experience things and people, not in their bearing on our own needs and affairs, but for their own sake. They are then no longer simply particular people, things or events. We see through their accidental bounds and discover immense vistas beyond. Such moments of profound recognitions are often the moments of "idle tears" which well up "from the depths of some divine despair"; idle in the absence of personal-practical cause or end, tears not for sorrows but for Sorrow. "Was geht dich der König an, der weint, weil er einsam ist?" Tonio asks with tender irony. And Hans could but have answered "What indeed?" Yet this power to weep with the king implies knowledge of a kind that Hans will never have, "vortrefflicher Schüler" though he be. For it is not the result of gifts or ability, but of an inner relation to events. Tonio converts the "continual impact of external event"[33] into real experience, endows fortuitous happenings with pregnant meaning and reads the pattern out of life. For him the walnut-tree and the fountain, his fiddle and the sea, are more than themselves. Into them he sees "contracted" the "immensities" of beauty and art. Above all he possesses a Hamlet-like clairvoyance about his own reactions to people. He despises his teachers for their rejection of his verse-making. Yet he cannot help seeing their point of view too, so that, "on the other hand", he himself feels this verse-making extravagant, and "to a certain extent" agrees with them. These qualifying phrases, "anderseits" and "gewissermaßen", haunt him painfully early. He is poignantly aware of this complexity in his relation to his parents. The contrast between them is more than just a contrast between two individuals. It is evocative of deeper issues, a symbol of the dualism in his own nature. His relation to Hans is equally complex. Tonio knows well enough that it is a relation

[33] T. S. Eliot, *The Family Reunion*, ed. Faber, 1939, p. 28.

which can never bring fulfilment, a love in which all the longing and burning, all attempts at closeness and all torture at their frustration, will be on one side. But he knows far more than this. And it is just in this *more* that the quality of awareness emerges most clearly. For even at fourteen he senses the universality held within this personal experience. Anyone so aware of life as he, cannot help being open and vulnerable to literature too, where the art of the poet underlines the universal within the particular. But this again cuts him off from Hans, for whom bangs and explosions are associated with fireworks, but scarcely with thrills over *Don Carlos*!

In this story Thomas Mann dwells mainly on the pain which awareness brings, on the separating effect of this kind of knowledge. Its compensations are ignored. Yet they are very real, as Tonio must ultimately have known. The joy it brings outweighs the pain. And even though awareness may make the pangs of suffering sharper, it yet removes from it the destructive quality of blind sorrow. To be so involved that we can see nothing beyond ourselves, to be so completely sufferer that light is shut out, and we grope along in the darkness of almost animal pain, is a deadening experience. "Dumpfheit" Goethe called such blind living, and preferred "ewig klingende Existenz," whether it brought him joy or sorrow.

This awareness, the power of being absorbed in something beyond oneself, of responding to the essential quality of a thing or event, the artist shares with others. But in him the mood is more intense and more permanent. The differentiation within the self is such that he more continuously perceives meanings which are hidden when we are absorbed in our own affairs. Of him it is especially true that "there is one man in us who acts and one who watches." Thomas Mann holds fast for us the very moment when this watching trembles on the brink of becoming literature, the transition from awareness to the communication of it through the medium of words. We can distinguish four phases in Tonio's love for Hans; not in time, for they may have happened in one single illumination, but in quality and depth of experience. First he loved Hans and suffered much on his account. That is a purely personal experience expressed in particular terms. Then he was so organized that he received such experiences consciously and recognized the hard fact that he who loves more must suffer more. That is a general human experience expressed in universal terms. But now— and this is the transition from "watching" to "shaping" —"er schrieb sie innerlich auf", that is, the experience became formed, a kind of blue-print of a poem. Finally we get the hall-mark of the artist, the pleasure in the experience, with all its bitter knowledge, for its own sake, without any thought of its practical value for his living: "er hatte gewissermaßen an diesen Erfahrungen seine Freude, ohne sich freilich für seine Person danach zu richten und praktischen Nutzen daraus zu ziehen."

Much of Tonio's delight in his beloved "Springbrunnen, Walnußbaum, seine Geige und in der Ferne das Meer, die Ostsee," is due to the music of their names, "Namen, die mit guter Wirkung in Versen zu verwenden sind." It is the delight the poet takes in calling "the bright, unshadowed things he sees by name."[34] When Lisaweta speaks of the "redeeming power of the word," she surely means that through his medium the artist's insight becomes manifestly fruitful. But again Tonio chooses to ignore the rewards and to dwell rather on the toll which the artist must pay for having surrendered to the power of his medium, a toll paid in sterility and isolation. Even as early as his love for Inge, Tonio realized that he must be in some sense remote from an experience in order to be able to "form" it into literature, remote, not in space or time, but attitude.

[34] Thomas Mann, *Schwere Stunde*.

Later his joy in the word and the need for "distance" took such possession of him that he became merely an on-looker of himself and others. The roots of such an artist's loneliness lie deeper than is normally supposed. The rest-lessness which chafes at domesticity, the need to conserve his energy, these are only the more superficial aspects of the problem. His inner loneliness springs rather from his deep sense of failure as a human being. At some point in an ex-perience words become more exciting to him than the ex-perience itself. Even in an intimate relationship he fears he may be side-tracked by his artist's eye, his urge to form may suddenly "see" it, crying out to be shaped by his hand into a work of art, so that he fails as a human being. How poignantly Tonio gives utterance to this sense of failure: "Hellsehen noch durch den Tränenschleier des Gefühls hindurch, erkennen, merken, beobachten . . . noch in Augen-blicken, wo Hände sich umschlingen, Lippen sich finden, wo des Menschen Blick, erblindet vor Empfindung, sich bricht."

Tonio has nothing but scorn for the *dilettanti*, those spare-time artists, who make the mistake of thinking they can pluck "one leaf, one single little leaf" from the laurel-tree of art without paying for it with life itself. "Der un-fruchtbare Zweig" from Goethe's *Tasso* might serve as a motto to this whole conversation with Lisaweta. So humanly impotent does the artist seem to Tonio that he even questions his virility, and again a remark of Goethe's: "Jedes Gedicht ist gewissermaßen ein Kuß, den man der Welt gibt, aber aus bloßen Küssen werden keine Kinder,"[35] might well complete the sentence he leaves unfinished: "Wir singen ganz rührend schön. Jedoch . . ." It is the serene finality of art, its contrast with the deadly earnest-ness of all actuality, which tortures Tonio, as it tortured

footnote
[35] *Goethes Gespräche*, ed. Biedermann, III, p. 240. Cited by Thomas Mann, *L. u. G.*, p. 34.

Nietzsche when he spoke of the flame of genius, "aus deren Lichtkreis alles flieht, weil es, von ihr beleuchtet, so totentanzmäßig, so narrenhaft, spindeldürr und eitel erscheint."[36]

Just because Tonio feels equally strongly the pull towards life, he carries within him the possibility of harmony. But Hans is represented as completely lacking in imagination, and we cannot help wondering whether this must always and inevitably be so. Will Tonio's language never be, in part at least, his language? Will he forever be saying resignedly to the Hansens of this world: "Do not trouble to read *Don Carlos*"? We know that it need not be so, that, though it seems likely that this Hans will remain all his life what he is, there is also Hans Castorp, who begins as one of the "harmlosen Blinden",[37] but ends by discovering that the germs of imagination, which are in all of us, must not be surrendered, must be tended and harnessed in the service of life. When Tonio stands lost in window-longing, unable to join in the dance, he needs some friendly hand to help him out of his lonely introspection. But even more do Hans and Inge need a push in the opposite direction, need jolting out of the confident assumption that they are the hub of the universe. For only a balance between these two ways of experiencing can bring maturity: doing and seeing, being one of the crowd and being an onlooker. The important thing is that life should not only be lived in and for itself, but that it should also be known.

Tonio does go a considerable way towards maturity. By bringing his problem into the light, he rids himself of much of the bitterness which had been accumulating while he pursued a way of life so alien to one side of his nature. This clearing away of the old is essential if new values are to be born: "Stirb und werde!" The irony of his final remark: "ich bin erledigt", symbolizes the destruction of a former

[36] Letter to Rohde, Jan., 1869.
[37] Nietzsche to Paul Deussen, 25 Aug., 1869.

self. Soon after this self-confession, he feels the need to go back to his beginnings. As in a dream, he revisits his childhood, passes in review figures which have become symbols, and re-estimates their value for him. Despite his apparent emancipation, the influence of his father had been at work underneath, as his dreams betray clearly enough, secretly sapping his energy and undermining his confidence in himself and his calling. When now, in his dream return, he sees the old house, symbol of *Bürgertum*, filled with books,[38] children begotten of the spirit, what a revelation it must seem of the way he ought to go! What an indication that the "zäh ausharrender Fleiß" of the *Bürger* can play its part just as effectively in his own realm of the spirit. The tenderness with which the whole incident is suffused is a sign that the bitterness has been eased and the tensions relaxed.

An artist cannot fence off his living from his creating. They must run fluid one into the other. But he has also to learn not to let his entity as an artist be disturbed by the life he lets in. And he can only achieve this security if he accepts his art, if he believes in his mission of making life expressive for the inarticulate. Then he need not fear lest his art be shaken by rich, vital experience, nor lest his human relationships suffer because of the artist in him. Tonio comes to maturity when he accepts himself as an artist "von Anbeginn und Schicksals wegen," and repudiates that aestheticism which, through fear and insecurity, takes flight from the spring into the rarified atmosphere of the coffee-house! It remains eternally true that "Was unsterblich im Gesang soll leben, Muß im Leben untergehn," but equally true that "man etwas sein muß, um etwas zu

[38] *Cf.* "Hundert Jahre Reclam," *F.T.*, p. 60. The significance of this symbol of the *Volksbibliothek* is worked out with conscious reflection in Thomas Mann's panegyric on the house of Reclam and their *Universalbibliothek*, whereby what came from the people returns to the people.

machen."[39] "Gestorben sein" is only one stage in the process of artistic creation, and for the artist to cut himself off from life altogether means going out into the waste land of pure form and art for art's sake.

As a man, too, he matures. The journey to self-knowledge has brought him the courage to face the isolation of personality, and he is now content to leave those he loves in their "otherness" without wishing to possess them. Out of the growing acceptance of himself, the longing for what he is not is eased, and he can watch with tender understanding their small intensities which are none of his intensity, and love them with the love which is extolled in the 13th chapter of St. Paul's First Epistle to the Corinthians.

2. *Its Artistry*

"Die Kunst des Erzählens das ist ganz einfach die Kunst, die Leute zum Zuhören zu zwingen, selbst abgesehen vom Stofflichen."[40]

No analysis of the artistry by which Thomas Mann compels us to listen to his story can ever take the place of direct appreciation. Criticism is never a substitute for the aesthetic experience. After—and only after—we have been exposed to the direct impact of a work, can analysis perhaps help us to further deepened and enriched experience of it. But there remains always the task of synthesizing what has been analysed, and this cannot be done by a simple process of adding the parts. The whole is always greater than the sum of the parts, and different. Synthesis can only be achieved by surrendering again to the power of the story itself.

The architectonic outlines of this *Novelle* grow naturally out of the requirements of the story. Its mixture of epic and dramatic, the absence of connecting links, justify Thomas

[39] *L. u. G.*, p. 57.   [40] *F.T.*, p. 307.

Mann's own description of it as a *Prosa-Ballade*.[41] Two brief episodes give the essence of the youthful Tonio There follows a short narrative passage leading to the central reflective part, where all that was implicit is made explicit. It is a commentary on those dramatic scenes which were directly presented to our imagination, but there is nothing artificial about it. It is natural that Tonio, caught at a turning point in his life, should render account to himself of all he has been and is becoming. This is the *Wendepunkt* of the *Novelle,* and it occurs simultaneously on three planes. In the outer world of space and time the turning point is marked by his decision to leave Munich. In the inner world of the spirit it is a moment of rebirth, marked by his wholehearted affirmation of life. And in the timeless world of form the ballad-style here gives way to long monologues of introspective reflection. The final part is again dramatic, but in a different way. In revisiting his past Tonio trails behind him the cloak of all that has happened in between. There is consequently a larger measure of introspection to this second drama. Not only are the two episodes of the first part fused into one experience, but the conversation with Lisaweta vibrates beneath. With the final admission that his deepest love is still for the "Blonden, Blauäugigen," the *Novelle* returns to its beginnings.

The perfect symmetry is achieved by the skilful weaving of the strands, backwards and forwards, so that the past fulfils the future as surely as the future fulfils the past. The Hans and Inge *motifs,* announced separately at first, are loosely intertwined as Tonio paces the streets of Lübeck. But in Denmark these strands are pulled taut and woven together with symbolic value. How subtle are the variations in this disturbingly familiar quadrille scene! There is no M. Knaak, but the directions are in French all the same and with "Nasallauten"! The second confession to Lisa-

[41] *Betr.*, p. 54.

weta, this time in letter form, rounds off the whole. Nothing is lacking to complete the symmetry. Even the short epic transition leading to the scene with Lisaweta finds its echo. For, as Tonio lies in bed after his encounter with Hans and Inge in Denmark, his thoughts run back to those years of "Erstarrung, Öde, Eis . . ."

The two first episodes are brilliant illustrations of the choice of a "pregnant moment." Each, the walk and the dancing-lesson, occupies at most an hour. How in so short a time does the author manage to convey a relationship so that we breathe its very essence? He does it by skilful choice of time and place, catching the relationship at flood-tide and in a situation calculated to reveal all the pull and thrust of tensions. The books we like, the people we admire, the activities we pursue, are eminently revealing, and Thomas Mann makes full use of this fact. Hans loves horse-riding, and the contrast between his "Pferdebücher mit Momentaufnahmen" and Tonio's *Don Carlos* brings out strikingly the incompatibility of their natures. By introducing Erwin Immerthal we experience directly the ease of Hansen's manner with his own kind, and his awkwardness with Tonio is thereby thrown into greater relief. In the Inge episode the contrasts are between the sheer physical delight in the dance and Tonio's escape into the imaginative world of *Immensee*, between Inge's admiration of M. Knaak and her scorn of Tonio's clumsiness. Despite the unmistakably different atmosphere of these two stages of adolescence, there is a marked parallelism which gives a satisfying sense of form.

Just as the symmetry grows naturally out of the requirements of the story, so too the ironic style is the ideal form for a hero who stands between two worlds and for a situation in which the artist admires and needs the *Bürger*, and the *Bürger* replies by arresting him! As long as *Geist* and *Leben* remain unreconciled in Thomas Mann's work, they are treated with irony, "etwas Mittleres, ein Weder-Noch und Sowohl-Alsauch."[42] Hence those qualifying phrases so akin to our English understatement and derived no doubt from that Low German parentage which we and he have in common. The style of a writer, he declares, is ultimately, if one listens closely enough, a sublimation of the dialect of his forefathers; "and I make no secret of the fact that ... in its absence of passion and grandiloquence, in its proneness to mockery and pedantic thoroughness, my style is a typical Lübeck mode of speech."[43] His dry humour often results from an aside which jerks the reader out of his absorption in the story, inviting him to study the character with detachment: "denn er spielte die Geige"; "denn er pflegte zu sagen ..." Understatement has the special virtue of arousing interest while leaving scope for the imagination to complete the picture. How effectively it is used here to convey that moment when some ordinary and familiar object or person is suddenly illumined by a new and unearthly light: "Er hatte sie tausendmal gesehen; an einem Abend jedoch sah er sie in einer *gewissen* Beleuchtung, sah wie sie ... auf eine *gewisse* übermütige Art lachend den Kopf zur Seite warf, auf eine *gewisse* Art ihre Hand ... zum Hinterkopfe führte ... hörte, wie sie ein Wort ... auf eine *gewisse* Art betonte ... An diesem Abend nahm er ihr Bild mit fort." The repetition of *gewisse* implies far more than is actually said and sends our imagination in pursuit of what Tonio saw.

Ideas are but the raw material of art, and only by taking on body can mind become spirit. Thomas Mann, being first and foremost an artist, expresses his thoughts naturally in images. His are not the primordial, universal images we find in poetry. They are suggested by figures and events of his immediate surroundings: father and mother, the friends and loves of his youth, a criminal banker he has known, a

[42] *Betr.*, p. 56.   [43] *F.T.*, p. 42.

lieutenant he has met, a *Fürst in Zivil*, a *junger Kaufman*, an actor without a part. Everything is presented in sensuous form rather than in concepts: not sterility, but the laurel tree; not separateness, but the mark on his brow; not responsibility, but immaculate sober dress; not Bohemianism, but a ragged velvet jacket and a red silk waistcoat; not art versus life, but "Fixativ und Frühlingsarom", "der gefährliche Messertanz der Kunst und des Lebens süsser trivialer Dreitakt." The names are symbolic, too. Why is Lisaweta a Russian except that she acts as confessor to Tonio's introspection in the manner of Turgenev? Or M. Knaak so typically Low German except to emphasize the spuriousness of his French pretensions? Why Magdalene, except that in some obscure way intimate associations had formed in the author's mind between this name, moral or physical falling, and those early Christians "with clumsy bodies and fine souls"? Or take the ring of Tonio's own name, *gut bürgerlich* like the *Küche* of his Lübeck home, and derived from *Krog*, which occurs so frequently in Low German place names, signifying an inn! How it contrasts with the exotic Tonio, clearly his mother's choice, so that the very title announces the theme of the story!

An image becomes a symbol when it is remembered for the sake of some special significance it had for us. It is then stripped of irrelevant and extraneous detail, and details from other images of similar significance are often superimposed on the first and become part of the symbol. The episode of the lieutenant was clearly an actual incident in Tonio's experience. But we know at once that it has more than anecdotal significance for him, because it is related to the other anecdotes he tells solely by the accident of its connexion with his own problem. This is the only thread on which all these stories are strung. Sometimes we can trace the development of an episode into a symbol. At first the girl "die oft beim Tanzen hinfiel," is a real person, and we are told details about her: her surname, her father's profession, that she asked Tonio to dance and to show her his poems. even that she asked him to do so twice, a detail quite irrelevant for the meaning of the symbol. Of all this he remembers only the connexion between physical clumsiness and love of poetry, and in the conversation with Lisaweta makes the generalisation: "Leute mit ungeschickten Körpern und feinen Seelen, Leute die immer hinfallen, so zu sagen." The actual experience has become symbol. Later this symbol is transmuted into art. Magdalena is brought to life again, but no longer as an individual person. There adhere to her traits derived from his other experiences of people with *Geist*. She has become the symbolic peg on which to hang such associations.

Nowhere is the poet's power "to ring up the curtain for us" more evident than when, in Tonio's dream return to his home, he conveys the bitter-sweet melancholy of the days that are no more. The problem here is to raise an idea from the level of a mere concept to that of an emotional experience. The idea to be conveyed is a familiar one. When we re-live something in the memory, everything happens much more quickly. The whole experience is telescoped. We do not have to take Tonio's word for it that this is what happens now. We go through the experience itself. Tonio lives his early life again, but we re-live the first part of the *Novelle*. We do this because memory permeates the language and sets it vibrant, because the words are similar enough to awaken in us the same reminiscent melancholy which stirs in him. Yet there is that slight difference which is always there when we revisit a familiar scene or dream about it. We, too, feel that quality of pastness which is inseparable from memory. Hans and Tonio watched the train go by and, with the trustful confidence of children, waved to the man perched up on the last coach. The grown man, less spontaneous and more circumspect, merely gazes after him. Without any comment, merely by means of this slight alteration, we feel the whole weight of the intervening years. Similar variation is used with twofold effect at the gate of Hansen's old house. No mention of sedateness or of the time that has passed, but the same weight of years comes across merely because he swings the gate with his hand instead of riding on it. And here we see very clearly the telescoping effect of recollection. It all happens more quickly, detail and dialogue fall away. And whereas the first time we had the simple statement: "ihre Hände, die sich drückten, waren ganz nass und rostig von der Gartenpforte," now Tonio's mood of pensive reflection is conveyed by the addition of: "Dann betrachtete er eine Weile seine Hand, die kalt und rostig war." This is enough, without any direct reference to his emotional state.

The trance-like quality of this return is suggested by the magic use of words connected with *sleep* and *dream*, by the hypnotic effect of "Wohin ging er?" thrice repeated at regular intervals to mark the stages in this progress between sleeping and waking, by the tenderness with which he perceives that the narrow-gabled streets have become poignantly small! How directly we share in his experience when it says: "Er wäre gerne lange so dahingegangen... Aber alles war so eng und nah beieinander. Gleich war man am Ziel"! We, too, are brought up sharply, because we have arrived sooner than we expected.

The same dream light shines on his experiences in Denmark. Now that Hans and Inge have become symbols, they have the strangeness of all dream figures. In masterly fashion the uniqueness, the personal immediacy of this experience is preserved, while at the same time it is lifted beyond the particular to the typical. That they are not the old Hans and Inge, but figures on to which he has projected all his own imaginative yearning, is brought out by the significant little phrase: "die vielleicht seine Schwester war." This is indeed the Inge Holm he—and we—knew, and this the same little Hans Hansen grown up; the same and yet different, for she is every Inge, and he is every Hans.

In a purely artistic sense, Thomas Mann suggests, it was probably its musical qualities which most endeared this "lyrische Novelle"[44] to its readers. "Here for the first time I grasped the idea of epic prose composition as a thought-texture woven of different themes, as a musically related complex—and later, in *The Magic Mountain*, I made use of it to an even greater extent. It has been said of the latter work that it is an example of the 'novel as architecture of ideas'; if that be true the tendency towards such a conception of art goes back to *Tonio Kröger*."[45] When he speaks of a musical structure in his works he does not mean, like so many modern poets, that he is more concerned with the rhythmical arrangement of words than with their sense. The meaning of poetry is much more than that conveyed directly to the intelligence; far more is conveyed indirectly by the musical impression upon the sensibility. But, even so, this musical impression of poetry is never the same as that conveyed by music itself, for words have a meaning before they are rhythmically arranged in poetry. Thomas Mann is passionately concerned with the meaning of words, and the musical quality of his prose does not lie so much in their rhythmical arrangement, as in the repetition of certain phrases in different contexts, phrases which call up a whole world of associations as a snatch of song might do. This is the *leitmotiv* technique which he adopted from Richard Wagner.

In *Buddenbrooks* the linguistic *leitmotiv* was handled on an external and naturalistic basis. A descriptive phrase was attached to a character, a label, which usually called up some outward and accidental aspect of him rather than his

[44] *L. u. G.*, p. 184.   [45] *Sketch*, p. 30.

essence. In *Tonio Kröger* the *leitmotiv* is transferred from the outward to "the more lucent medium of the idea and the emotions, and thereby lifted from the mechanical into the musical sphere."[46] From being a mere label each *leitmotiv* now bears a strong emotional content arising from the central problem of the story, and they are woven into the texture with contrapuntal effect, each theme being pointed against another to express the fundamental opposition between art and life. Nowhere is this method used more skilfully or with greater effect than in the conversation with Lisaweta. Art and life run parallel throughout, both in theoretical formulation and in symbols ranging from one single word ("Fixativ" and "Frühlingsarom") through phrases ("die immer hinfallen") to symbolic anecdotes (the lieutenant and the banker). First one voice announces the theme, then another takes it up. A contrasting theme is announced, and they are played off against each other as in a Bach fugue. Our delight is in tracing the emergence, the blending, the dividing and dying of the themes.

The reason for the effectiveness of the verbal *leitmotiv*, when used in this way, is that we remember not only in images, but also emotionally. When a pregnant phrase is repeated, chords of remembrance are struck, which go on echoing in us long after the notes have died. Instead of recapturing only Tonio's remembrance of the past, we recall the whole emotional aura of our own original reaction to the phrase, a whole train of personal associations for which the author is not directly responsible.

Even when a *leitmotiv* in *Tonio* is of a descriptive nature, it is nevertheless not used in the same way as in *Buddenbrooks*. Tonio's father is first described by a phrase which is little more than a label giving the essence of the *Bürger*. But the context in which it occurs endows it immediately with emotional quality, for we connect Herr Kröger's con-

[46] *Sketch*, p. 31.

cern at his son's bad report with his formal correctness. The next time this *motif* appears, the descriptive element recedes (his blue eyes are omitted); the appearance of the father is becoming symbolic of one side of the conflict in Tonio's breast. People see his way of life as an outward sign of the decay of the family. "Der lange, sinnende Herr," his father, dies—that is, one side of himself dies, or goes into abeyance. The third time the symbolic aspect entirely predominates: "vielleicht war es das Erbteil seines Vaters in ihm, des langen, sinnenden, reinlich gekleideten Mannes, mit der Feldblume im Knopfloch, das ihn dort unten so leiden machte." Is the variant "reinlich" introduced as a kind of contrast to his own feeling of being sullied through his adventures of the flesh? It is as if the same theme were given out by another instrument. The fourth time it is modulated into a minor key. Time, by removing all non-essentials, has brought mellowness. Tonio's understanding of his father is growing, though he has long been dead. With deepened insight he sees through the impassive mask and knows that behind the immaculate gravity there lies something of wistful melancholy: "der lange, korrekte, ein wenig wehmütige und nachdenkliche Herr mit der Feldblume im Knopfloch." Each time the father *motif* is repeated, it is pointed against that of the mother, for together they symbolize the theoretical formulation of the problem: *Leben—Geist, Bürger—Künstler*, North—South. Finally, in the letter to Lisaweta they are no longer used merely as *leitmotivs*, to evoke associations. Tonio now analyses the significance of these symbols, thus fusing thought and emotion, idea and image.

But most of the *leitmotivs* in *Tonio* are not descriptive at all. It is fascinating to trace the development of a *motif* such as "eine Sache rund zu formen, und in Gelassenheit etwas Ganzes daraus zu schmieden," to not how its emotional connotation varies each time it appears. It is first repeated twice within a few lines, so that we know at once that symbolic value is attached to it. Then it is blended with "Pointe und Wirkung," thereby establishing the symbolic significance of this alternative *motif* for shaping and forming. Henceforward they can be used, either separately or together, to call up the same associations. When they are played off against life within Tonio himself, against his love for Inge, for the spring or the walnut tree, these symbols of craftsmanship fall in the scale of values. But when they are contrasted with life outside him, with the slightly ridiculous figure of the blunt policeman, they rise. For then the shaping impulse is not pulling against his own urge to life, and he can note with satisfaction the effective "Pointe und Wirkung" he has made. Finally, with increasing harmony, a balance of values is achieved. The sea inspires him to poetry, but he is too much under the stress of emotion to shape it. Yet he acccepts this knowledge without impatience, content to wait for the "Gelassenheit" which will surely alternate with intensity of living. "Es war nicht fertig, nicht rund geformt und nicht in Gelassenheit zu etwas Ganzem geschmiedet. Sein Herz lebte..." These simple, independent statements are free of all the fret, the pull and thrust, of the two dependent clauses (ohne daß ... statt ...) in which the *motif* first made its appearance.

It is no accident that three great influences in Thomas Mann's life were Schopenhauer, Wagner and Nietzsche, all passionate lovers of music. It was the symphonic music of Schopenhauer's thought which appealed to his very depths,[47] and of Nietzsche he wrote: "seine Sprache selbst ist Musik."[48] His apprehension of things was aural rather than visual and it is little wonder that he paid such enthusiastic tribute to Schiller's *Naive und Sentimentalische Dichtung*, in which the distinction between musical and

[47] *Sketch*, p. 24.   [48] *Bem.*, p. 332.

plastic poetry was first made. This accounts for the criticism so often levelled against his work, that there was no *Landschaft* in it.[49] In his defence he urges firstly that his is an urban scenery, to be more precise, the characteristic Gothic setting of his native Lübeck, with its tall towers, pointed gables, arcades and fountains, its grey skies and the damp wind whistling down the narrow streets which wend their crooked way from the harbour to the market square. And then, much more important, the sea beyond, the Travemünde he knew from boyhood. "Das Meer ist keine Landschaft, es ist das Erlebnis der Ewigkeit, des Nichts und des Todes, ein metaphysischer Traum."[50] It is the solace for all who have seen too deep into the complexity of things. Looking at it Tonio experiences "ein tiefes Vergessen, ein erlöstes Schweben über Raum und Zeit," thereby anticipating Mann's absorption with the problem of time in *Der Zauberberg*. The sea, its rhythms, its musical transcendence, vibrates in the language of all his books, even when there is no talk of it. And no German since Heine, whom he idolized in his youth,[51] has written of it so that we not only hear its rush and roar, but feel the spray and the salt tang on our lips and crush the shells beneath our feet.

Thomas Mann speaks of certain lyric poems by Theodor Storm which, "so alt man wird ... dies Sichzusammenziehen der Kehle, dies Angepacktwerden von unerbittlich süß und wehem Lebensgefühl bewirken, um dessentwillen man mit sechzehn, siebzehn diesem Tonfall so anhing."[52] One can say the same of his own *Tonio Kröger*. If we are young we experience this tightening of the throat because Tonio is part of all of us; as we grow older, because he is what we were and because, like him, we too have to come back to our beginnings and recognize that it could not have

[49] *F.T.*, p. 40.   [50] *Ibid.*, p. 47.   [51] *Sketch*, p. 21.
[52] *L. u. G.*, p. 186.

been otherwise, that it all had to happen thus. Like him we hope to be able to accept this knowledge.

> We shall not cease from exploration
> And the end of all our exploring
> Will be to arrive where we started
> And know the place for the first time.
> Through the unknown, remembered gate
> When the last of earth left to discover
> Is that which was the beginning.[53]

[53] T. S. Eliot, *Little Gidding*.

I

Die Wintersonne stand nur als armer Schein, milchig und matt hinter Wolkenschichten über der engen Stadt. Naß und zugig war's in den giebeligen Gassen, and manchmal fiel eine Art von weichem Hagel, nicht Eis, nicht Schnee.

Die Schule war aus. Über den gepflasterten Hof und heraus aus der Gatterpforte strömten die Scharen der Befreiten, teilten sich und enteilten nach rechts und links. Große Schüler hielten mit Würde ihr Bücherpäckchen hoch gegen die linke Schulter gedrückt, indem sie mit dem rechten Arm wider den Wind dem Mittagessen entgegen ruderten; kleines Volk setzte sich lustig in Trab, daß der Eisbrei umherspritzte und die Siebensachen der Wissenschaft in den Seehundsränzeln klapperten. Aber hie und da riß alles mit frommen Augen die Mützen herunter vor dem Wotanshut und dem Jupiterbart eines gemessen hinschreitenden Oberlehrers ...

„Kommst du endlich, Hans?" sagte Tonio Kröger, der lange auf dem Fahrdamm gewartet hatte; lächelnd trat er dem Freunde entgegen, der im Gespräch mit anderen Kameraden aus der Pforte kam und schon im Begriffe war, mit ihnen davon zu gehen ... „Wieso?" fragte er und sah Tonio an ... „Ja, das ist wahr! Nun gehen wir noch ein bißchen."

Tonio verstummte, und seine Augen trübten sich. Hatte Hans es vergessen, fiel es ihm erst jetzt wieder ein, daß sie heute mittag ein wenig zusammen spazieren gehen wollten? Und er selbst hatte sich seit der Verabredung beinahe unausgesetzt darauf gefreut!

„Ja, adieu, ihr!" sagte Hans Hansen zu den Kameraden. „Dann gehe ich noch ein bißchen mit Kröger."—Und die beiden wandten sich nach links, indes die anderen nach rechts schlenderten.

Hans und Tonio hatten Zeit, nach der Schule spazieren zu gehen, weil sie beide Häusern angehörten, in denen erst um vier Uhr zu Mittag gegessen wurde. Ihre Väter waren große Kaufleute, die öffentliche Ämter bekleideten und mächtig waren in der Stadt. Den Hansens gehörten schon seit manchem Menschenalter die weitläufigen Holzlagerplätze drunten am Fluß, wo gewaltige Sägemaschinen unter Fauchen und Zischen die Stämme zerlegten. Aber Tonio war Konsul Krögers Sohn, dessen Getreidesäcke mit dem breiten schwarzen Firmendruck man Tag für Tag durch die Straßen kutschieren sah; und seiner Vorfahren großes altes Haus war das herrschaftlichste der ganzen Stadt... Beständig mußten die Freunde, der vielen Bekannten wegen die Mützen herunternehmen, ja, von manchen Leuten wurden die Vierzehnjährigen zuerst gegrüßt...

Beide hatten die Schulmappen über die Schultern gehängt, und beide waren sie gut und warm gekleidet; Hans in eine kurze Seemanns-Überjacke, über welcher auf Schultern und Rücken der breite, blaue Kragen seines Marineanzuges lag, und Tonio in einen grauen Gurtpaletot. Hans trug eine dänische Matrosenmütze mit schwarzen Bändern, unter der ein Schopf seines bastblonden Haares hervorquoll. Er war außerordentlich hübsch und wohlgestaltet, breit in den Schultern und schmal in den Hüften, mit freiliegenden und scharf blickenden stahlblauen Augen. Aber unter Tonios runder Pelzmütze blickten aus einem brünetten und ganz südlich scharf geschnittenen Gesicht dunkle und zart umschattete Augen mit zu schweren Lidern träumerisch und ein wenig zaghaft hervor... Mund und Kinn waren ihm ungewöhnlich weich gebildet. Er ging nachlässig und ungleichmäßig, während Hansens schlanke Beine in den schwarzen Strümpfen so elastisch und taktfest einherschritten...

Tonio sprach nicht. Er empfand Schmerz. Indem er seine etwas schräg stehenden Brauen zusammenzog und die Lippen zum Pfeifen gerundet hielt, blickte er seitwärts geneigten Kopfes ins Weite. Diese Haltung und Miene war ihm eigentümlich.

Plötzlich schob Hans seinen Arm unter den Tonios und sah ihn dabei von der Seite an, denn er begriff sehr wohl, um was es sich handelte. Und obgleich Tonio auch bei den nächsten Schritten noch schwieg, so ward er doch auf einmal sehr weich gestimmt.

„Ich hatte es nämlich nicht vergessen, Tonio," sagte Hans und blickte vor sich nieder auf das Trottoir, „sondern ich dachte nur, daß heute doch wohl nichts daraus werden könnte, weil es ja so naß und windig ist. Aber mir macht das gar nichts, und ich finde es famos, daß du trotzdem auf mich gewartet hast. Ich glaubte schon, du seist nach Hause gegangen, und ärgerte mich . . ."

Alles in Tonio geriet in eine hüpfende und jubelnde Bewegung bei diesen Worten.

„Ja, wir gehen nun also über die Wälle!" sagte er mit bewegter Stimme. „Über den Mühlenwall und den Holstenwall, und so bringe ich dich nach Hause, Hans . . . Bewahre, das schadet gar nichts, daß ich dann meinen Heimweg allein mache; das nächste Mal begleitest du mich."

Im Grunde glaubte er nicht sehr fest an das, was Hans gesagt hatte, und fühlte genau, daß jener nur halb so viel Gewicht auf diesen Spaziergang zu zweien legte wie er. Aber er sah doch, daß Hans seine Vergeßlichkeit bereute und es sich angelegen sein ließ, ihn zu versöhnen. Und er war weit von der Absicht entfernt, die Versöhnung hintanzuhalten . . .

Die Sache war die, daß Tonio Hans Hansen liebte und schon vieles um ihn gelitten hatte. Wer am meisten liebt, ist der Unterlegene und muß leiden,—diese schlichte und harte Lehre hatte seine vierzehnjährige Seele bereits vom Leben entgegengenommen; und er war so geartet, daß er solche Erfahrungen wohl vermerkte, sie gleichsam innerlich aufschrieb und gewissermßen seine Freude daran hatte, ohne

3

sich freilich für seine Person danach zu richten und praktischen Nutzen daraus zu ziehen. Auch war es so mit ihm bestellt, daß er solche Lehren weit wichtiger und interessanter achtete als die Kenntnisse, die man ihm in der Schule aufnötigte, ja, daß er sich während der Unterrichtsstunden in den gotischen Klassengewölben meistens damit abgab, solche Einsichten bis auf den Grund zu empfinden und völlig auszudenken. Und diese Beschäftigung bereitete ihm eine ganz ähnliche Genugtuung, wie wenn er mit seiner Geige (denn er spielte die Geige) in seinem Zimmer umherging und die Töne, so weich, wie er sie nur hervorzubringen vermochte, in das Plätschern des Springstrahles hinein erklingen ließ, der drunten im Garten unter den Zweigen des alten Walnußbaumes tänzelnd emporstieg . . .

Der Springbrunnen, der alte Walnußbaum, seine Geige und in der Ferne das Meer, die Ostsee, deren sommerliche Träume er in den Ferien belauschen durfte, diese Dinge waren es, die er liebte, mit denen er sich gleichsam umstellte und zwischen denen sich sein inneres Leben abspielte, Dinge, deren Namen mit guter Wirkung in Versen zu verwenden sind und auch wirklich in den Versen, die Tonio Kröger zuweilen verfertigte, immer wieder erklangen.

Dieses, daß er ein Heft mit selbstgeschriebenen Versen besaß, war durch sein eigenes Verschulden bekannt geworden und schadete ihm sehr, bei seinen Mitschülern sowohl wie bei den Lehrern. Dem Sohne Konsul Krögers schien es einerseits, als sei es dumm und gemein, daran Anstoß zu nehmen, und er verachtete dafür sowohl die Mitschüler wie die Lehrer, deren schlechte Manieren ihn obendrein abstießen und deren persönliche Schwächen er seltsam eindringlich durchschaute. Andererseits aber empfand er selbst es als ausschweifend und eigentlich ungehörig, Verse zu machen, und mußte all denen gewissermaßen recht geben, die es für eine befremdende Beschäftigung hielten. Allein das vermochte ihn nicht, davon abzulassen . . .

Da er daheim seine Zeit vertat, beim Unterricht langsamen und abgewandten Geistes war und bei den Lehrern
schlecht angeschrieben stand, so brachte er beständig die
erbärmlichsten Zensuren nach Hause, worüber sein Vater,
ein langer, sorgfältig gekleideter Herr mit sinnenden blauen
Augen, der immer eine Feldblume im Knopfloch trug, sich
sehr erzürnt und bekümmert zeigte. Der Mutter Tonios
jedoch, seiner schönen, schwarzhaarigen Mutter, die Con-
suelo mit Vornamen hieß und überhaupt so anders war als
die übrigen Damen der Stadt, weil der Vater sie sich einstmals von ganz unten auf der Landkarte heraufgeholt hatte,
—seiner Mutter waren die Zeugnisse grundeinerlei . . .

Tonio liebte seine dunkle und feurige Mutter, die so wunderbar den Flügel und die Mandoline spielte, und er war
froh, daß sie sich ob seiner zweifelhaften Stellung unter den
Menschen nicht grämte. Andererseits aber empfand er,
daß der Zorn des Vaters weit würdiger und respektabler
sei, und war, obgleich er von ihm gescholten wurde, im
Grunde ganz einverstanden mit ihm, während er die heitere
Gleichgültigkeit der Mutter ein wenig liederlich fand. Manchmal dachte er ungefähr: Es ist gerade genug, daß ich
bin, wie ich bin, und mich nicht ändern will und kann,
fahrlässig, widerspenstig und auf Dinge bedacht, an die
sonst niemand denkt. Wenigstens gehört es sich, daß man
mich ernstlich schilt und straft dafür, und nicht mit Küssen
und Musik darüber hinweggeht. Wir sind doch keine Zigeuner im grünen Wagen, sondern anständige Leute, Konsul
Krögers, die Familie der Kröger . . . Nicht selten dachte er
auch: Warum bin ich doch sonderlich und in Widerstreit
mit allem, zerfallen mit den Lehrern und fremd unter den
anderen Jungen? Siehe sie an, die guten Schüler und die
von solider Mittelmäßigkeit. Sie finden die Lehrer nicht
komisch, sie machen keine Verse und denken nur Dinge, die
man eben denkt und die man laut aussprechen kann. Wie
ordentlich und einverstanden mit allem und jedermann sie

sich fühlen müssen! Das muß gut sein . . . Was aber ist mit mir, und wie wird dies alles ablaufen?

Diese Art und Weise, sich selbst und sein Verhältnis zum Leben zu betrachten, spielte eine wichtige Rolle in Tonios Liebe zu Hans Hansen. Er liebte ihn zunächst, weil er schön war; dann aber, weil er in allen Stücken als sein eigenes Widerspiel und Gegenteil erschien. Hans Hansen war ein vortrefflicher Schüler und außerdem ein frischer Gesell, der ritt, turnte, schwamm wie ein Held und sich der allgemeinen Beliebtheit erfreute. Die Lehrer waren ihm beinahe mit Zärtlichkeit zugetan, nannten ihn mit Vornamen und förderten ihn auf alle Weise, die Kameraden waren auf seine Gunst bedacht, und auf der Straße hielten ihn Herren und Damen an, faßten ihn an dem Schopfe bastblonden Haares, der unter seiner dänischen Schiffermütze hervorquoll, und sagten: „Guten Tag, Hans Hansen, mit deinem netten Schopf! Bist du noch Primus? Grüß' Papa und Mama, mein prächtiger Junge . . .“

So war Hans Hansen, und seit Tonio Kröger ihn kannte, empfand er Sehnsucht, sobald er ihn erblickte, eine neidische Sehnsucht, die oberhalb der Brust saß und brannte. Wer so blaue Augen hätte, dachte er, und so in Ordnung und glücklicher Gemeinschaft mit aller Welt lebte wie du! Stets bist du auf eine wohlanständige und allgemein respektierte Weise beschäftigt. Wenn du die Schulaufgaben erledigt hast, so nimmst du Reitstunden oder arbeitest mit der Laubsäge, und selbst in den Ferien, an der See, bist du vom Rudern, Segeln und Schwimmen in Anspruch genommen, indes ich müßiggängerisch und verloren im Sande liege und auf die geheimnisvoll wechselnden Mienenspiele starre, die über des Meeres Antlitz huschen. Aber darum sind deine Augen so klar. Zu sein wie du . . .

Er machte nicht den Versuch, zu werden wie Hans Hansen, und vielleicht war es ihm nicht einmal sehr ernst mit diesem Wunsche. Aber er begehrte schmerzlich, so, wie er war, von ihm geliebt zu werden, und er warb um seine Liebe auf seine Art, eine langsame und innige, hingebungsvolle, leidende und wehmütige Art, aber von einer Wehmut, die tiefer und zehrender brennen kann als alle jähe Leidenschaftlichkeit, die man von seinem fremden Äußern hätte erwarten können.

Und er warb nicht ganz vergebens, denn Hans, der übrigens eine gewisse Überlegenheit an ihm achtete, eine Gewandtheit des Mundes, die Tonio befähigte, schwierige Dinge auszusprechen, begriff ganz wohl, daß hier eine ungewöhnlich starke und zarte Empfindung für ihn lebendig sei, erwies sich dankbar und bereitete ihm manches Glück durch sein Entgegenkommen—aber auch manche Pein der Eifersucht, der Enttäuschung und der vergeblichen Mühe, eine geistige Gemeinschaft herzustellen. Denn es war das Merkwürdige, daß Tonio, der Hans Hansen doch um seine Daseinsart beneidete, beständig trachtete, ihn zu seiner eigenen herüberzuziehen, was höchstens auf Augenblicke und auch dann nur scheinbar gelingen konnte . . .

„Ich habe jetzt etwas Wundervolles gelesen, etwas Prachtvolles . . .“ sagte er. Sie gingen und aßen gemeinsam aus einer Tüte Fruchtbonbons, die sie beim Krämer Iwersen in der Mühlenstraße für zehn Pfennige erstanden hatten. „Du mußt es lesen, Hans, es ist nämlich Don Carlos von Schiller . . . Ich leihe es dir, wenn du willst . . .“

„Ach nein,“ sagte Hans Hansen, „das laß nur, Tonio, das paßt nicht für mich. Ich bleibe bei meinen Pferdebüchern, weißt du. Famose Abbildungen sind darin, sage ich dir. Wenn du mal bei mir bist, zeige ich sie dir. Es sind Augenblicksphotographien, und man sieht die Gäule im Trab und im Galopp und im Sprunge, in allen Stellungen, die man in Wirklichkeit gar nicht zu sehen bekommt, weil es zu schnell geht . . .“

„In allen Stellungen?“ fragte Tonio höflich. „Ja, das ist fein. Was aber Don Carlos betrifft, so geht das über alle

Begriffe. Es sind Stellen darin, du sollst sehen, die so schön sind, daß es einem einen Ruck gibt, daß es gleichsam knallt . . ."

„Knallt es?" fragte Hans Hansen . . . „Wieso?"

„Da ist zum Beispiel die Stelle, wo der König geweint hat, weil er von dem Marquis betrogen ist . . . aber der Marquis hat ihn nur dem Prinzen zuliebe betrogen, verstehst du, für den er sich opfert. Und nun kommt aus dem Kabinett in das Vorzimmer die Nachricht, daß der König geweint hat. ,Geweint?' ,Der König geweint?' Alle Hofmänner sind fürchterlich betreten, und es geht einem durch und durch, denn es ist ein schrecklich starrer und strenger König. Aber man begreift es so gut, daß er geweint hat, und mir tut er eigentlich mehr leid, als der Prinz und der Marquis zusammengenommen. Er ist immer so ganz allein und ohne Liebe, und nun glaubt er einen Menschen gefunden zu haben, und der verrät ihn . . ."

Hans Hansen sah von der Seite in Tonios Gesicht, und irgend etwas in diesem Gesicht mußte ihn wohl dem Gegenstande gewinnen, denn er schob plötzlich wieder seinen Arm unter den Tonios und fragte:

„Auf welche Weise verrät er ihn denn, Tonio?"

Tonio geriet in Bewegung.

„Ja, die Sache ist," fing er an, „daß alle Briefe nach Brabant und Flandern . . ."

„Da kommt Erwin Jimmerthal," sagte Hans.

Tonio verstummte. Möchte ihn doch, dachte er, die Erde verschlingen, diesen Jimmerthal! Warum muß er kommen und uns stören! Wenn er nur nicht mit uns geht und den ganzen Weg von der Reitstunde spricht . . . Denn Erwin Jimmerthal hatte ebenfalls Reitstunde. Er war der Sohn des Bankdirektors und wohnte hier draußen vorm Tore. Mit seinen krummen Beinen und Schlitzaugen kam er ihnen, schon ohne Schulmappe, durch die Allee entgegen.

8

„Tag, Jimmerthal," sagte Hans. „Ich gehe ein bißchen mit Kröger . . ."

„Ich muß zur Stadt," sagte Jimmerthal, „und etwas besorgen. Aber ich gehe noch ein Stück mit euch . . . Das sind wohl Fruchtbonbons, die ihr da habt? Ja, danke, ein paar esse ich. Morgen haben wir wieder Stunde, Hans."—Es war die Reitstunde gemeint.

„Famos!" sagte Hans. „Ich bekomme jetzt die ledernen Gamaschen, du, weil ich neulich die Eins im Exerzitium hatte . . ."

„Du hast wohl keine Reitstunde, Kröger?" fragte Jimmerthal, und seine Augen waren nur ein Paar blanker Ritzen . . .

„Nein . . ." antwortete Tonio mit ganz ungewisser Betonung.

„Du solltest," bemerkte Hans Hansen, „deinen Vater bitten, daß du auch Stunde bekommst, Kröger."

„Ja . . ." sagte Tonio zugleich hastig und gleichgültig. Einen Augenblick schnürte sich ihm die Kehle zusammen, weil Hans ihn mit Nachnamen angeredet hatte; und Hans schien dies zu fühlen, denn er sagte erläuternd:

„Ich nenne dich Kröger, weil dein Vorname so verrückt ist, du, entschuldige, aber ich mag ihn nicht leiden. Tonio . . . Das ist doch überhaupt kein Name. Übrigens kannst du ja nichts dafür, bewahre!"

„Nein, du heißt wohl hauptsächlich so, weil es so ausländisch klingt und etwas Besonderes ist . . ." sagte Jimmerthal und tat, als ob er zum Guten reden wollte.

Tonios Mund zuckte. Er nahm sich zusammen und sagte:

„Ja, es ist ein alberner Name, ich möchte, weiß Gott, lieber Heinrich oder Wilhelm heißen, das könnt ihr mir glauben. Aber es kommt daher, daß ein Bruder meiner Mutter, nach dem ich getauft worden bin, Antonio heißt; denn meine Mutter ist doch von drüben . . ."

Dann schwieg er und ließ die beiden von Pferden und

Lederzeug sprechen. Hans hatte Jimmerthal untergefaßt und redete mit einer geläufigen Teilnahme, die für Don Carlos niemals in ihm zu erwecken gewesen wäre ... Von Zeit zu Zeit fühlte Tonio, wie der Drang zu weinen ihm prickelnd in die Nase stieg; auch hatte er Mühe, sein Kinn in der Gewalt zu behalten, das beständig ins Zittern geriet ...

Hans mochte seinen Namen nicht leiden, —was war dabei zu tun? Er selbst hieß Hans, und Jimmerthal hieß Erwin, gut, das waren allgemein anerkannte Namen, die niemand befremdeten. Aber „Tonio" war etwas Ausländisches und Besonderes. Ja, es war in allen Stücken etwas Besonderes mit ihm, ob er wollte oder nicht, und er war allein und ausgeschlossen von den Ordentlichen und Gewöhnlichen, obgleich er doch kein Zigeuner im grünen Wagen war, sondern ein Sohn Konsul Krögers, aus der Familie der Kröger ... Aber warum nannte Hans ihn Tonio, solange sie allein waren, wenn er, kam ein dritter hinzu, anfing, sich seiner zu schämen? Zuweilen war er ihm nahe und gewonnen, ja. Auf welche Weise verrät er ihn denn, Tonio? hatte er gefragt und ihn untergefaßt. Aber als dann Jimmerthal gekommen war, hatte er dennoch erleichtert aufgeatmet, hatte ihn verlassen und ihm ohne Not seinen fremden Rufnamen vorgeworfen. Wie weh es tat, dies alles durchschauen zu müssen! ... Hans Hansen hatte ihn im Grunde ein wenig gern, wenn sie unter sich waren, er wußte es. Aber kam ein dritter, so schämte er sich dessen und opferte ihn auf. Und er war wieder allein. Er dachte an König Philipp. Der König hat geweint ...

„Gott bewahre," sagte Erwin Jimmerthal, „nun muß ich aber wirklich zur Stadt! Adieu, ihr, und Dank für die Fruchtbonbons!" Darauf sprang er auf eine Bank, die am Wege stand, lief mit seinem krummen Beinen darauf entlang und trabte davon.

„Jimmerthal mag ich leiden!" sagte Hans mit Nachdruck. Er hatte eine verwöhnte und selbstbewußte Art, seine Sympathien und Abneigungen kundzugeben, sie gleichsam gnädigst zu verteilen . . . Und dann fuhr er fort, von der Reitstunde zu sprechen, weil er einmal im Zuge war. Es war auch nicht mehr so weit bis zum Hansenschen Wohnhause; der Weg über die Wälle nahm nicht so viel Zeit in Anspruch. Sie hielten ihre Mützen fest und beugten die Köpfe vor dem starken, feuchten Wind, der in dem kahlen Geäst der Bäume knarrte und stöhnte. Und Hans Hansen sprach, während Tonio nur dann und wann ein künstliches Ach und Jaja einfließen ließ, ohne Freude darüber, daß Hans ihn im Eifer der Rede wieder untergefaßt hatte, denn das war nur eine scheinbare Annäherung, ohne Bedeutung.

Dann verließen sie die Wallanlagen unfern des Bahnhofes, sahen einen Zug mit plumper Eilfertigkeit vorüberpuffen, zählten zum Zeitvertreib die Wagen und winkten dem Manne zu, der in seinen Pelz vermummt zuhöchst auf dem allerletzten saß. Und am Lindenplatze, vor Großhändler Hansens Villa, blieben sie stehen, und Hans zeigte ausführlich, wie amüsant es sei, sich unten auf die Gartenpforte zu stellen und sich in den Angeln hin und her zu schlenkern, daß es nur so kreischte. Aber hierauf verabschiedete er sich.

„Ja, nun muß ich hinein," sagte er. „Adieu, Tonio. Das nächste Mal begleite ich dich nach Hause, sei sicher."

„Adieu, Hans," sagte Tonio, „es war nett, spazieren zu gehen."

Ihre Hände, die sich drückten, waren ganz naß und rostig von der Gartenpforte. Als aber Hans in Tonios Augen sah, entstand etwas wie reuiges Besinnen in seinem hübschen Gesicht.

„Übrigens werde ich nächstens ‚Don Carlos' lesen!" sagte er rasch. „Das mit dem König im Kabinett muß famos sein!" Dann nahm er seine Mappe unter den Arm und lief durch den Vorgarten. Bevor er im Hause verschwand, nickte er noch einmal zurück.

Und Tonio Kröger ging ganz verklärt und beschwingt von dannen. Der Wind trug ihn von hinten, aber es war nicht darum allein, daß er so leicht von der Stelle kam.

Hans würde ‚Don Carlos‘ lesen, und dann würden sie etwas miteinander haben, worüber weder Jimmerthal noch irgend ein anderer mitreden konnte! Wie gut sie einander verstanden! Wer wußte,—vielleicht brachte er ihn noch dazu, ebenfalls Verse zu schreiben?... Nein, nein, das wollte er nicht! Hans sollte nicht werden wie Tonio, sondern bleiben, wie er war, so hell und stark, wie alle ihn liebten und Tonio am meisten! Aber daß er ‚Don Carlos‘ las, würde trotzdem nicht schaden... Und Tonio ging durch das alte, untersetzte Tor, ging am Hafen entlang und die steile, zugige und nasse Giebelgasse hinauf zum Haus seiner Eltern. Damals lebte sein Herz; Sehnsucht war darin und schwermütiger Neid und ein klein wenig Verachtung und eine ganze keusche Seligkeit.

II

Die blonde Inge, Ingeborg Holm, Doktor Holms Tochter, der am Markte wohnte, dort, wo hoch, spitzig und vielfach der gotische Brunnen stand, sie war's, die Tonio Kröger liebte, als er sechzehn Jahre alt war.

Wie geschah das? Er hatte sie tausendmal gesehen; an einem Abend jedoch sah er sie in einer gewissen Beleuchtung, sah, wie sie im Gespräch mit einer Freundin auf eine gewisse übermütige Art lachend den Kopf zur Seite warf, auf eine gewisse Art ihre Hand, eine gar nicht besonders schmale, gar nicht besonders feine Klein-Mädchenhand zum Hinterkopfe führte, wobei der weiße Gazeärmel von ihrem Ellenbogen zurückglitt, hörte, wie sie ein Wort, ein gleichgültiges Wort, auf eine gewisse Art betonte, wobei ein warmes Klingen in ihrer Stimme war, und ein Entzücken ergriff sein Herz, weit stärker als jenes, das er früher zuweilen empfunden hatte, wenn er Hans Hansen betrachtete, damals, als er noch ein kleiner, dummer Junge war.

An diesem Abend nahm er ihr Bild mit fort, mit dem dicken, blonden Zopf, den länglich geschnittenen, lachenden, blauen Augen und dem zart angedeuteten Sattel von Sommersprossen über der Nase, konnte nicht einschlafen, weil er das Klingen in ihrer Stimme hörte, versuchte leise, die Betonung nachzuahmen, mit der sie das gleichgültige Wort ausgesprochen hatte, und erschauerte dabei. Die Erfahrung lehrte ihn, daß dies die Liebe sei. Aber obgleich er genau wußte, daß die Liebe ihm viel Schmerz, Drangsal und Demütigung bringen müsse, daß sie überdies den Frieden zerstöre und das Herz mit Melodien überfülle, ohne daß man Ruhe fand, eine Sache rund zu formen und in Gelassenheit etwas Ganzes daraus zu schmieden, so nahm er sie doch mit Freuden auf, überließ sich ihr ganz und pflegte sie mit den Kräften seines Gemütes, denn er wußte, daß sie reich und lebendig mache, und er sehnte sich, reich und lebendig zu sein, statt in Gelassenheit etwas Ganzes zu schmieden ...

Dies, daß Tonio Kröger sich an die lustige Inge Holm verlor, ereignete sich in dem ausgeräumten Salon der Konsulin Husteede, die es an jenem Abend traf, die Tanzstunde zu geben; denn es war ein Privatkursus, an dem nur Angehörige von ersten Familien teilnahmen, und man versammelte sich reihum in den elterlichen Häusern, um sich Unterricht in Tanz und Anstand erteilen zu lassen. Aber zu diesem Behufe kam allwöchentlich Ballettmeister Knaak eigens von Hamburg herbei.

François Knaak war sein Name, und was für ein Mann war das! „J'ai l'honneur de me vouz représenter," sagte er, „mon nom est Knaak ... Und dies spricht man nicht aus, während man sich verbeugt, sondern wenn man wieder aufrecht steht,—gedämpft und dennoch deutlich. Man ist nicht täglich in der Lage, sich auf Französisch vorstellen zu müssen, aber kann man es in dieser Sprache korrekt und tadellos, so wird es einem auf Deutsch erst recht nicht fehlen." Wie wunderbar der seidig schwarze Gehrock sich an seine fetten Hüften schmiegte! In weichen Falten fiel sein Beinkleid auf seine Lackschuhe hinab, die mit breiten Atlasschleifen geschmückt waren, und seine braunen Augen blickten mit einem müden Glück über ihre eigene Schönheit umher . . .

Jedermann ward erdrückt durch das Übermaß seiner Sicherheit und Wohlanständigkeit. Er schritt—und niemand schritt wie er, elastisch, wogend, wiegend, königlich—auf die Herrin des Hauses zu, verbeugte sich und wartete, daß man ihm die Hand reiche. Erhielt er sie, so dankte er mit leiser Stimme dafür, trat federnd zurück, wandte sich auf dem linken Fuße, schnellte den rechten mit niedergedrückter Spitze seitwärts vom Boden ab und schritt mit bebenden Hüften davon.

Man ging rückwärts und unter Verbeugungen zur Tür hinaus, wenn man eine Gesellschaft verließ, man schleppte einen Stuhl nicht herbei, indem man ihn an einem Bein ergriff oder am Boden entlang schleifte, sondern man trug ihn leicht an der Lehne herzu und setzte ihn geräuschlos nieder. Man stand nicht da, indem man die Hände auf dem Bauch faltete und die Zunge in den Mundwinkel schob; tat man es dennoch, so hatte Herr Knaak eine Art, es ebenso zu machen, daß man für den Rest seines Lebens einen Ekel vor dieser Haltung bewahrte . . .

Dies war der Anstand. Was aber den Tanz betraf, so meisterte Herr Knaak ihn womöglich in noch höherem Grade. In dem ausgeräumten Salon brannten die Gasflammen des Kronleuchters und die Kerzen auf dem Kamin. Der Boden war mit Talkum bestreut, und in stummem Halbkreise standen die Eleven umher. Aber jenseits der

Portieren, in der anstoßenden Stube, saßen auf Plüschstühlen die Mütter und Tanten und betrachteten durch ihre Lorgnetten Herrn Knaak, wie er, in gebückter Haltung, den Saum seines Gehrockes mit je zwei Fingern erfaßt hielt und mit federnden Beinen die einzelnen Teile der Masurka demonstrierte. Beabsichtigte er aber, sein Publikum gänzlich zu verblüffen, so schnellte er sich plötzlich und ohne zwingenden Grund vom Boden empor, indem er seine Beine mit verwirrender Schnelligkeit in der Luft umeinander wirbelte, gleichsam mit denselben trillerte, worauf er mit einem gedämpften, aber alles in seinen Festen erschütternden Plumps zu dieser Erde zurückkehrte . . .

Was für ein unbegreiflicher Affe, dachte Tonio Kröger in seinem Sinn. Aber er sah wohl, daß Inge Holm, die lustige Inge, oft mit einem selbstvergessenen Lächeln Herrn Knaaks Bewegungen verfolgte, und nicht dies allein war es, weshalb alle diese wundervoll beherrschte Körperlichkeit ihm im Grunde etwas wie Bewunderung abgewann. Wie ruhevoll und unverwirrbar Herrn Knaaks Augen blickten! Sie sahen nicht in die Dinge hinein, bis dorthin, wo sie kompliziert und traurig werden; sie wußten nichts, als daß sie braun und schön seien. Aber deshalb war seine Haltung so stolz! Ja, man mußte dumm sein, um so schreiten zu können wie er; und dann wurde man geliebt, denn man war liebenswürdig. Er verstand es so gut, daß Inge, die blonde, süße Inge, auf Herrn Knaak blickte, wie sie es tat. Aber würde denn niemals ein Mädchen so auf ihn selbst blicken?

O doch, das kam vor. Da war Magdalena Vermehren, Rechtsanwalt Vermehrens Tochter, mit dem sanften Mund und den großen, dunklen, blanken Augen voll Ernst und Schwärmerei. Sie fiel oft hin beim Tanzen; aber sie kam zu ihm bei der Damenwahl, sie wußte, daß er Verse dichtete, sie hatte ihn zweimal gebeten, sie ihr zu zeigen, und oftmals schaute sie ihn von weitem mit gesenktem Kopfe an. Aber was sollte ihm das? Er, er liebte Inge Holm, die blonde,

lustige Inge, die ihn sicher darum verachtete, daß er poetische Sachen schrieb . . . er sah sie an, sah ihre schmalge-
schnittenen, blauen Augen, die voll Glück und Spott waren,
und eine neidische Sehnsucht, ein herber, drängender
Schmerz, von ihr ausgeschlossen und ihr ewig fremd zu sein,
saß in seiner Brust und brannte . . .

„Erstes Paar en avant!" sagte Herr Knaak, und keine
Worte schildern, wie wunderbar der Mann den Nasallaut
hervorbrachte. Man übte Quadrille, und zu Tonio Krögers
tiefem Erschrecken befand er sich mit Inge Holm in ein und
demselben Karree. Er mied sie, wie er konnte, und dennoch
geriet er beständig in ihre Nähe; er wehrte seinen Augen,
sich ihr zu nahen, und dennoch traf sein Blick bestandig auf
sie . . . Nun kam sie an der Hand des rotköpfigen Ferdinand
Matthiessen gleitend und laufend herbei, warf den Kopf
zurück und stellte sich aufatmend ihm gegenüber. Herr
Heinzelmann, der Klavierspieler, griff mit seinen knochigen
Händen in die Tasten, Herr Knaak kommandierte, die
Quadrille begann.

Sie bewegte sich vor ihm hin und her, vorwärts und
rückwärts schreitend und drehend, ein Duft, der von
ihrem Haar oder dem zarten, weißen Stoff ihres Kleides
ausging, berührte ihn manchmal, und seine Augen trübten
sich mehr und mehr. Ich liebe dich, liebe, süße Inge, sagte
er innerlich, und er legte in diese Worte seinen ganzen
Schmerz darüber, daß sie so eifrig und lustig bei der Sache
war und sein nicht achtete. Ein wunderschönes Gedicht von
Storm fiel ihm ein: „Ich möchte schlafen; aber du mußt
tanzen." Der demütigende Widersinn quälte ihn, der darin
lag, tanzen zu müssen, während man liebte . . .

„Erstes Paar en avant!" sagte Herr Knaak, denn es kam
eine neue Tour. „Compliment! Moulinet des dames! Tour
de main!" Und niemand beschreibt, auf welch graziöse Art
er das stumme e vom „de" verschluckte.

„Zweites Paar en avant!" Tonio Kröger und seine Dame

waren daran. „Compliment!" Und Tonio Kröger verbeugte sich. „Moulinet des dames!" Und Tonio Kröger, mit gesenktem Kopfe und finsteren Brauen legte seine Hand auf die Hände der vier Damen, auf die Inge Holms, und tanzte „moulinet".

Ringsum entstand ein Kichern und Lachen. Herr Knaak fiel in eine Ballettpose, welche ein stilisiertes Entsetzen ausdrückte. „O weh!" rief er. „Halt, halt! Kröger ist unter die Damen geraten! En arrière, Fräulein Kröger, zurück, fi donc! Alle haben es nun verstanden, nur Sie nicht. Husch! Fort! Zurück mit Ihnen!" Und er zog sein gelbseidenes Taschentuch und scheuchte Tonio Kröger damit an seinen Platz zurück.

Alles lachte, die Jungen, die Mädchen und die Damen jenseits der Portieren, denn Herr Knaak hatte etwas gar zu Drolliges aus dem Zwischenfall gemacht, und man amüsierte sich wie im Theater. Nur Herr Heinzelmann wartete mit trockener Geschäftsmiene auf das Zeichen zum Weiterspielen, denn er war abgehärtet gegen Herrn Knaaks Wirkungen.

Dann ward die Quadrille fortgesetzt. Und dann war Pause. Das Folgmädchen klirrte mit einem Teebrett voll Weingeleegläsern zur Tür herein, und die Köchin folgte mit einer Ladung Plumcake in ihrem Kielwasser. Aber Tonio Kröger stahl sich fort, ging heimlich auf den Korridor hinaus und stellte sich dort, die Hände auf dem Rücken, vor ein Fenster mit herabgelassener Jalousie, ohne zu bedenken, daß man durch diese Jalousie gar nichts sehen konnte, und daß es also lächerlich sei, davorzustehen und zu tun, als blicke man hinaus.

Er blickte aber in sich hinein, wo so viel Gram und Sehnsucht war. Warum, warum war er hier? Warum saß er nicht in seiner Stube am Fenster und las in Storms „Immensee" und blickte hie und da in den abendlichen Garten hinaus, wo der alte Walnußbaum schwerfällig knarrte? Das wäre sein Platz gewesen. Mochten die anderen tanzen und frisch und geschickt bei der Sache sein!... Nein, nein, sein Platz war dennoch hier, wo er sich in Inges Nähe wußte, wenn er auch nur einsam von ferne stand und versuchte, in dem Summen, Klirren und Lachen dort drinnen ihre Stimme zu unterscheiden, in welcher es klang von warmem Leben. Deine länglich geschnittenen, blauen lachenden Augen, du blonde Inge! So schön und heiter wie du kann man nur sein, wenn man nicht „Immensee" liest und niemals versucht, selbst dergleichen zu machen; das ist das Traurige!...

Sie müßte kommen! Sie müßte bemerken, daß er fort war, müßte fühlen, wie es um ihn stand, müßte ihm heimlich folgen, wenn auch nur aus Mitleid, ihm ihre Hand auf die Schulter legen und sagen: Komm herein zu uns, sei froh, ich liebe dich. Und er horchte hinter sich und wartete in unvernünftiger Spannung, daß sie kommen möge. Aber sie kam keineswegs. Dergleichen geschah nicht auf Erden.

Hatte auch sie ihn verlacht, gleich allen anderen? Ja, das hatte sie getan, so gern er es ihret- und seinetwegen geleugnet hätte. Und doch hatte er nur aus Versunkenheit in ihre Nähe „moulinet des dames" mitgetanzt. Und was verschlug das? Man würde vielleicht einmal aufhören zu lachen! Hatte etwa nicht kürzlich eine Zeitschrift ein Gedicht von ihm angenommen, wenn sie dann auch wieder eingegangen war, bevor das Gedicht hatte erscheinen können? Es kam der Tag, wo er berühmt war, wo alles gedruckt wurde, was er schrieb, und dann würde man sehen, ob es nicht Eindruck auf Inge Holm machen würde ... Es würde k e i n e n Eindruck machen, nein, das war es ja. Auf Magdalena Vermehren, die immer hinfiel, ja, auf die. Aber niemals auf Inge Holm, niemals auf die blauäugige, lustige Inge. Und war es also nicht vergebens? ...

Tonio Krögers Herz zog sich schmerzlich zusammen bei diesem Gedanken. Zu fühlen, wie wunderbare spielende und schwermütige Kräfte sich in dir regen, und dabei zu wissen, daß diejenigen, zu denen du dich hinübersehnst, ihnen in heiterer Unzugänglichkeit gegenüberstehen, das tut sehr weh. Aber obgleich er einsam, ausgeschlossen und ohne Hoffnung vor einer geschlossenen Jalousie stand und in seinem Kummer tat, als könne er hindurchblicken, so war er dennoch glücklich. Denn damals lebte sein Herz. Warm und traurig schlug es für dich, Ingeborg Holm, und seine Seele umfaßte deine blonde, lichte und übermütig gewöhnliche kleine Persönlichkeit in seliger Selbstverleugnung.

Mehr als einmal stand er mit erhitztem Angesicht an einsamen Stellen, wohin Musik, Blumenduft und Gläsergeklirr nur leise drangen, und suchte in dem fernen Festgeräusch deine klingende Stimme zu unterscheiden, stand in Schmerzen um dich und war dennoch glücklich. Mehr als einmal kränkte es ihn, daß er mit Magdalena Vermehren, die immer hinfiel, sprechen konnte, daß sie ihn verstand und mit ihm lachte und ernst war, während die blonde Inge, saß er auch neben ihr, ihm fern und fremd und befremdet erschien, denn seine Sprache war nicht ihre Sprache; und dennoch war er glücklich. Denn das Glück, sagte er sich, ist nicht, geliebt zu werden; das ist eine mit Ekel gemischte Genugtuung für die Eitelkeit. Das Glück ist, zu lieben und vielleicht kleine trügerische Annäherungen an den geliebten Gegenstand zu erhaschen. Und er schrieb diesen Gedanken innerlich auf, dachte ihn völlig aus und empfand ihn bis auf den Grund.

Treue! dachte Tonio Kröger. Ich will treu sein und dich lieben, Ingeborg, solange ich lebe! So wohlmeinend war er. Und dennoch flüsterte in ihm eine leise Furcht und Trauer, daß er ja auch Hans Hansen ganz und gar vergessen habe, obgleich er ihn täglich sah. Und es war das Häßliche und Erbärmliche, daß diese leise und ein wenig hämische Stimme recht behielt, daß die Zeit verging und Tage kamen, da Tonio Kröger nicht mehr so unbedingt wie ehemals für die lustige Inge zu sterben bereit war, weil er Lust und Kräfte in sich fühlte, auf seine Art in der Welt eine Menge des Merkwürdigen zu leisten.

Und er umkreiste behutsam den Opferaltar, auf dem die lautere und keusche Flamme seiner Liebe loderte, kniete davor und schürte und nährte sie auf alle Weise, weil er treu sein wollte. Und über eine Weile, unmerklich, ohne Aufsehen und Geräusch, war sie dennoch erloschen.

Aber Tonio Kröger stand noch eine Zeitlang vor dem erkalteten Altar, voll Staunen und Enttäuschung darüber, daß Treue auf Erden unmöglich war. Dann zuckte er die Achseln und ging seiner Wege.

III

Er ging den Weg, den er gehen mußte, ein wenig nachlässig und ungleichmäßig, vor sich hinpfeifend, mit seitwärts geneigtem Kopfe ins Weite blickend, und wenn er irre ging, so geschah es, weil es für etliche einen richtigen Weg überhaupt nicht gibt. Fragte man ihn, was in aller Welt er zu werden gedachte, so erteilte er wechselnde Auskunft, denn er pflegte zu sagen (und hatte es auch bereits aufgeschrieben), daß er die Möglichkeiten zu tausend Daseinsformen in sich trage, zusammen mit dem heimlichen Bewußtsein, daß es im Grunde lauter Unmöglichkeiten seien . . .

Schon bevor er von der engen Vaterstadt schied, hatten sich leise die Klammern und Fäden gelöst, mit der sie ihn hielt. Die alte Familie der Kröger war nach und nach in einen Zustand des Abbröckelns und der Zersetzung geraten, und die Leute hatten Grund, Tonio Krögers eigenes Sein und Wesen ebenfalls zu den Merkmalen dieses Zustandes zu rechnen. Seines Vaters Mutter war gestorben, das Haupt des Geschlechtes, und nicht lange darauf, so folgte sein Vater, der lange, sinnende, sorgfältig gekleidete Herr mit der Feldblume im Knopfloch, ihr im Tode nach. Das große Krögersche Haus stand mitsamt seiner würdigen Geschichte zum Verkaufe, und die Firma ward ausgelöscht. Tonios Mutter jedoch, seine schöne feurige Mutter, die so wunderbar den Flügel und die Mandoline spielte und der alles ganz einerlei war, vermählte sich nach Jahresfrist aufs neue, und zwar mit einem Musiker, einem Virtuosen mit italienischem Namen, dem sie in blaue Fernen folgte. Tonio Kröger fand dies ein wenig liederlich; aber war er berufen, es ihr zu wehren? Er schrieb Verse und konnte nicht einmal beantworten, was in aller Welt er zu werden gedachte . . .

Und er verließ die winklige Heimatstadt, um deren Giebel der feuchte Wind pfiff, verließ den Springbrunnen und den alten Walnußbaum im Garten, die Vertrauten seiner Jugend, verließ auch das Meer, das er so sehr liebte, und empfand keinen Schmerz dabei. Denn er war groß und klug geworden, hatte begriffen, was für eine Bewandtnis es mit ihm hatte, und war voller Spott für das plumpe und niedrige Dasein, das ihn so lange in seiner Mitte gehalten hatte.

Er ergab sich ganz der Macht, die ihm als die erhabenste auf Erden erschien, zu deren Dienst er sich berufen fühlte und die ihm Hoheit und Ehren versprach, der Macht des Geistes und Wortes, die lächelnd über dem unbewußten und stummen Leben thront. Mit seiner jungen Leidenschaft ergab er sich ihr, und sie lohnte ihm mit allem, was sie zu schenken hat, und nahm ihm unerbittlich all das, was sie als Entgelt dafür zu nehmen pflegt.

Sie schärfte seinen Blick und ließ ihn die großen Wörter durchschauen, die der Menschen Busen blähen, sie erschloß ihm der Menschen Seelen und seine eigene, machte ihn hellsehend und zeigte ihm das Innere der Welt und alles letzte, was hinter den Worten und Taten ist. Was er aber sah, war dies: Komik und Elend—Komik und Elend.

Da kam, mit der Qual und dem Hochmut der Erkenntnis,

die Einsamkeit, weil es ihn im Kreise der Harmlosen mit dem fröhlich dunklen Sinn nicht litt und das Mal an seiner Stirn sie verstörte. Aber mehr und mehr versüßte sich ihm auch die Lust am Worte und der Form, denn er pflegte zu sagen (und hatte es auch bereits aufgeschrieben), daß die Kenntnis der Seele allein unfehlbar trübsinnig machen würde, wenn nicht die Vergnügungen des Ausdrucks uns wach und munter erhielten ...

Er lebte in großen Städten und im Süden, von dessen Sonne er sich ein üppigeres Reifen seiner Kunst versprach; und vielleicht war es das Blut seiner Mutter, welches ihn dorthin zog. Aber da sein Herz tot und ohne Liebe war, so geriet er in Abenteuer des Fleisches, stieg tief hinab in Wollust und heiße Schuld und litt unsäglich dabei. Vielleicht war es das Erbteil seines Vaters in ihm, des langen, sinnenden, reinlich gekleideten Mannes mit der Feldblume im Knopfloch, das ihn dort unten so leiden machte und manchmal eine schwache, sehnsüchtige Erinnerung in ihm sich regen ließ an eine Lust der Seele, die einstmals sein eigen gewesen war und die er in allen Lüsten nicht wiederfand.

Ein Ekel und Haß gegen die Sinne erfaßte ihn und ein Lechzen nach Reinheit und wohlanständigem Frieden, während er doch die Luft der Kunst atmete, die laue und süße, duftgeschwängerte Luft eines beständigen Frühlings, in der es treibt und braut und keimt in heimlicher Zeugungswonne. So kam es nur dahin, daß er, haltlos zwischen krassen Extremen, zwischen eisiger Geistigkeit und verzehrender Sinnenglut hin- und hergeworfen, unter Gewissensnöten ein erschöpfendes Leben führte, ein ausbündiges, ausschweifendes and außerordentliches Leben, das er, Tonio Kröger, im Grunde verabscheute. Welch Irrgang! dachte er zuweilen. Wie war es nur möglich, daß ich in alle diese exzentrischen Abenteuer geriet? Ich bin doch kein Zigeuner im grünen Wagen, von Hause aus ...

Aber in dem Maße, wie seine Gesundheit geschwächt ward, verschärfte sich seine Künstlerschaft, ward wählerisch, erlesen, kostbar, fein, reizbar gegen das Banale und aufs höchste empfindlich in Fragen des Taktes und Geschmacks. Als er zum ersten Male hervortrat, wurde unter denen, die es anging, viel Beifall und Freude laut, denn es war ein wertvoll gearbeitetes Ding, was er geliefert hatte, voll Humor und Kenntnis des Leidens. Und schnell ward sein Name, derselbe, mit dem ihn einst seine Lehrer scheltend gerufen hatten, derselbe, mit dem er seine ersten Reime an den Walnußbaum, den Springbrunnen und das Meer unterzeichnet hatte, dieser aus Süd und Nord zusammengesetzte Klang, dieser exotisch angehauchte Bürgersname zu einer Formel, die Vortreffliches bezeichnete; denn der schmerzlichen Gründlichkeit seiner Erfahrungen gesellte sich ein seltener, zäh ausharrender und ehrsüchtiger Fleiß, der im Kampf mit der wählerischen Reizbarkeit seines Geschmacks unter heftigen Qualen ungewöhnliche Werke entstehen ließ.

Er arbeitete nicht wie jemand, der arbeitet, um zu leben, sondern wie einer, der nichts will, als arbeiten, weil er sich als lebendigen Menschen für nichts achtet, nur als Schaffender in Betracht zu kommen wünscht und im übrigen grau und unauffällig umhergeht wie ein abgeschminkter Schauspieler, der nichts ist, solange er nichts darzustellen hat. Er arbeitete stumm, abgeschlossen, unsichtbar und voller Verachtung für jene Kleinen, denen das Talent ein geselliger Schmuck war, die, ob sie nun arm oder reich waren, wild und abgerissen einhergingen oder mit persönlichen Krawatten Luxus trieben, in erster Linie glücklich, liebenswürdig und künstlerisch zu leben bedacht waren, unwissend darüber, daß gute Werke nur unter dem Druck eines schlimmen Lebens entstehen, daß, wer lebt, nicht arbeitet, und daß man gestorben sein muß, um ganz ein Schaffender zu sein.

IV

„Störe ich?" fragte Tonio Kröger auf der Schwelle des Ateliers. Er hielt seinen Hut in der Hand und verbeugte sich sogar ein wenig, obgleich Lisaweta Iwanowna seine Freundin war, der er alles sagte.

„Erbarmen Sie sich, Tonio Kröger, und kommen Sie ohne Zeremonien herein!" antwortete sie mit ihrer hüpfenden Betonung. „Es ist bekannt, daß Sie eine gute Kinderstube genossen haben und wissen, was sich schickt." Dabei steckte sie ihren Pinsel zu der Palette in die linke Hand, reichte ihm die rechte und blickte ihm lachend und kopfschüttelnd ins Gesicht.

„Ja, aber Sie arbeiten," sagte er. „Lassen Sie sehen ... O, Sie sind vorwärts gekommen." Und er betrachtete abwechselnd die farbigen Skizzen, die zu beiden Seiten der Staffelei auf Stühlen lehnten, und die große, mit einem quadratischen Lineinnetz überzogene Leinwand, auf welcher in dem verworrenen und schemenhaften Kohleentwurf die ersten Farbflecke aufzutauchen begannen.

Es war in München, in einem Rückgebäude der Schellingstraße, mehrere Stiegen hoch. Draußen, hinter dem breiten Nordlicht-Fenster, herrschte Himmelsblau, Vogelgezwitscher und Sonnenschein, und des Frühlings junger, süßer Atem, der durch eine offene Klappe hereinströmte, vermischte sich mit dem Geruch von Fixativ und Ölfarbe, der den weiten Arbeitsraum erfüllte. Ungehindert überflutete das goldige Licht des hellen Nachmittags die weitläufige Kahlheit des Ateliers, beschien freimütig den ein wenig schadhaften Fußboden, den rohen, mit Fläschchen, Tuben und Pinseln bedeckten Tisch unterm Fenster und die ungerahmten Studien an den untapezierten Wänden, beschien den Wandschirm aus rissiger Seide, der in der Nähe der Tür einen kleinen, stilvoll möblierten Wohn- und Mußewinkel begrenzte, beschien das werdende Werk auf der Staffelei und davor die Malerin und den Dichter.

Sie mochte etwa so alt sein wie er, nämlich ein wenig jenseits der Dreißig. In ihrem dunkelblauen, fleckigen Schürzenkleide saß sie auf einem niedrigen Schemel und stützte das Kinn in die Hand. Ihr braunes Haar, fest frisiert und an den Seiten schon leicht ergraut, bedeckte in leisen Scheitelwellen ihre Schläfen und gab den Rahmen zu ihrem brünetten, slawisch geformten, unendlich sympathischen Gesicht mit der Stumpfnase, den scharf herausgearbeiteten Wangenknochen und den kleinen, schwarzen, blanken Augen. Gespannt, mißtrauisch und gleichsam gereizt musterte sie schiefen und gekniffenen Blicks ihre Arbeit . . .

Er stand neben ihr, hielt die rechte Hand in die Hüfte gestemmt und drehte mit der Linken eilig an seinem braunen Schnurrbart. Seine schrägen Brauen waren in einer finsteren und angestrengten Bewegung, wobei er leise vor sich hinpfiff, wie gewöhnlich. Er war äußerst sorgfältig und gediegen gekleidet, in einen Anzug von ruhigem Grau und reserviertem Schnitt. Aber in seiner durcharbeiteten Stirn, über der sein dunkles Haar so außerordentlich simpel und korrekt sich scheitelte, war ein nervöses Zucken, und die Züge seines südlich geschnittenen Gesichts waren schon scharf, von einem harten Griffel gleichsam nachgezogen und ausgeprägt, während doch sein Mund so sanft umrissen, sein Kinn so weich gebildet erschien . . . Nach einer Weile strich er mit der Hand über Stirn und Augen und wandte sich ab.

„Ich hätte nicht kommen sollen," sagte er.

„Warum hätten Sie nicht, Tonio Kröger?"

„Eben stehe ich von meiner Arbeit auf, Lisaweta, und in meinem Kopf sieht es genau aus wie auf dieser Leinwand. Ein Gerüst, ein blasser, von Korrekturen beschmutzter Entwurf und ein paar Farbflecke, ja; und nun komme ich hierher und sehe dasselbe. Und auch den Konflikt und Gegensatz finde ich hier wieder," sagte er und schnupperte in die Luft, „der mich zu Hause quälte. Seltsam ist es. Beherrscht dich ein Gedanke, so findest du ihn überall ausgedrückt, du r i e c h s t ihn sogar im Winde, Fixativ und Frühlingsaroma, nicht wahr? Kunst und—ja, was ist das Andere? Sagen Sie nicht ‚Natur‘, Lisaweta, ‚Natur‘ ist nicht erschöpfend. Ach, nein, ich hätte wohl lieber spazieren gehen sollen, obgleich es die Frage ist, ob ich mich dabei wohler befunden hätte! Vor fünf Minuten, nicht weit von hier, traf ich einen Kollegen, Adalbert, den Novellisten, ‚Gott verdamme den Frühling!‘ sagte er in seinem aggressiven Stil. ‚Er ist und bleibt die gräßlichste Jahreszeit! Können Sie einen vernünftigen Gedanken fassen, Kröger, können Sie die kleinste Pointe und Wirkung in Gelassenheit ausarbeiten, wenn es Ihnen auf eine unanständige Weise im Blute kribbelt und eine Menge von unzugehörigen Sensationen Sie beunruhigt, die, sobald Sie sie prüfen, sich als ausgemacht triviales und gänzlich unbrauchbares Zeug entpuppen? Was mich betrifft, so gehe ich nun ins Café. Das ist neutrales, vom Wechsel der Jahreszeiten unberührtes Gebiet, wissen Sie, das stellt sozusagen die entrückte und erhabene Sphäre des Literarischen dar, in der man nur vornehmerer Einfälle fähig ist... ‘Und er ging ins Café; und vielleicht hätte ich mitgehen sollen.“

Lisaweta amüsierte sich.

„Das ist gut, Tonio Kröger. Das mit dem ‚unanständigen Kribbeln‘ ist gut. Und er hat ja gewissermaßen recht, denn mit dem Arbeiten ist es wirklich nicht sonderlich bestellt im Frühling. Aber nun geben Sie acht. Nun mache ich trotzdem noch diese kleine Sache hier, diese kleine Pointe und Wirkung, wie Adalbert sagen würde. Nachher gehen wir in den ‚Salon‘ und trinken Tee, und Sie sprechen sich aus; denn das sehe ich genau, daß Sie heute geladen sind. Bis dahin gruppieren Sie sich wohl irgendwo, zum Beispiel auf der Kiste da, wenn Sie nicht für Ihre Patrizier-Gewänder fürchten . .“

„Ach, lassen Sie mich mit meinen Gewändern in Ruh, Lisaweta Iwanowna! Wünschten Sie, daß ich in einer zerrissenen Sammetjacke oder einer rotseidenen Weste umherliefe? Man ist als Künstler innerlich immer Abenteurer genug. Äußerlich soll man sich gut anziehen, zum Teufel, und sich benehmen wie ein anständiger Mensch . . . Nein, geladen bin ich nicht,“ sagte er und sah zu, wie sie auf der Palette eine Mischung bereitete. „Sie hören ja, daß es nur ein Problem und Gegensatz ist, was mir im Sinne liegt und mich bei der Arbeit störte . . . Ja, wovon sprachen wir eben? Von Adalbert, dem Novellisten, und was für ein stolzer und fester Mann er ist. ,Der Frühling ist die gräßlichste Jahreszeit‘, sagte er und ging ins Café. Denn man muß wissen, was man will, nicht wahr? Sehen Sie, auch mich macht der Frühling nervös, auch mich setzt die holde Trivialität der Erinnerungen und Empfindungen, die er erweckt, in Verwirrung; nur, daß ich es nicht über mich gewinne, ihn dafür zu schelten und zu verachten; denn die Sache ist die, daß ich mich vor ihm schäme, mich schäme vor seiner reinen Natürlichkeit und seiner siegenden Jugend. Und ich weiß nicht, ob ich Adalbert beneiden oder geringschätzen soll, dafür, daß er nichts davon weiß . . .

„Man arbeitet schlecht im Frühling, gewiß, und warum? Weil man empfindet. Und weil der ein Stümper ist, der glaubt, der Schaffende dürfe empfinden. Jeder echte und aufrichtige Künstler lächelt über die Naivität dieses Pfuscher-Irrtums, melancholisch vielleicht, aber er lächelt. Denn das, was man sagt, darf ja niemals die Hauptsache sein, sondern nur das an und für sich gleichgültige Material, aus dem das ästhetische Gebilde in spielender und gelassener Überlegenheit zusammenzusetzen ist. Liegt Ihnen zu viel an dem, was Sie zu sagen haben, schlägt Ihr Herz zu warm dafür, so können Sie eines vollständigen Fiaskos sicher sein. Sie werden pathetisch, Sie werden sentimental, etwas Schwerfälliges, Täppisch-Ernstes, Unbeherrschtes,

Unironisches, Ungewürztes, Langweiliges, Banales entsteht unter Ihren Händen, und nichts als Gleichgültigkeit bei den Leuten, nichts als Enttäuschung und Jammer bei Ihnen selbst ist das Ende ... Denn so ist es ja, Lisaweta: Das Gefühl, das warme, herzliche Gefühl ist immer banal und unbrauchbar, und künstlerisch sind bloß die Gereiztheiten und kalten Ekstasen unseres verdorbenen, unseres artistischen Nervensystems. Es ist nötig, daß man irgend etwas Außermenschliches und Unmenschliches sei, daß man zum Menschlichen in einem seltsam fernen und unbeteiligten Verhältnis stehe, um imstande und überhaupt versucht zu sein, es zu spielen, damit zu spielen, es wirksam und geschmackvoll darzustellen. Die Begabung für Stil, Form und Ausdruck setzt bereits dies kühle und wählerische Verhältnis zum Menschlichen, ja, eine gewisse menschliche Verarmung und Verödung voraus. Denn das gesunde und starke Gefühl, dabei bleibt es, hat keinen Geschmack. Es ist aus mit dem Künstler, sobald er Mensch wird und zu empfinden beginnt. Das wußte Adalbert, und darum begab er sich ins Café, in die ‚entrückte Sphäre‘, jawohl!"

„Nun, Gott mit ihm, Batuschka," sagte Lisaweta und wusch sich die Hände in einer Blechwanne; „Sie brauchen ihm ja nicht zu folgen."

„Nein, Lisaweta, ich folge ihm nicht, und zwar einzig, weil ich hie und da imstande bin, mich vor dem Frühling meines Künstlertums ein wenig zu schämen. Sehen Sie, zuweilen erhalte ich Briefe von fremder Hand, Lob- und Dankschreiben aus meinem Publikum, bewunderungsvolle Zuschriften ergriffener Leute. Ich lese diese Zuschriften, und Rührung beschleicht mich angesichts des warmen und unbeholfenen menschlichen Gefühls, das meine Kunst hier bewirkt hat, eine Art von Mitleid faßt mich an gegenüber der begeisterten Naivität, die aus den Zeilen spricht, und ich erröte bei dem Gedanken, wie sehr dieser redliche

Mensch ernüchtert sein müßte, wenn er je einen Blick hinter die Kulissen täte, wenn seine Unschuld je begriffe, daß ein rechtschaffener, gesunder und anständiger Mensch überhaupt nicht schreibt, mimt, komponiert... was alles ja nicht hindert, daß ich seine Bewunderung für mein Genie benütze, um mich zu steigern und zu stimulieren, daß ich sie gewaltig ernst nehme und ein Gesicht dazu mache wie ein Affe, der den großen Mann spielt... Ach, reden Sie mir nicht darein, Lisaweta! Ich sage Ihnen, daß ich es oft sterbensmüde bin, das Menschliche darzustellen, ohne am Menschlichen teilzuhaben... Ist der Künstler überhaupt ein Mann? Man frage ‚das Weib‘ danach! Mir scheint, wir Künstler teilen alle ein wenig das Schicksal jener präparierten päpstlichen Sänger... Wir singen ganz rührend schön. Jedoch—"

„Sie sollten sich ein bißchen schämen, Tonio Kröger. Kommen Sie nun zum Tee. Das Wasser wird gleich kochen, und hier sind Papyros. Beim Sopransingen waren Sie stehen geblieben; und fahren Sie da nur fort. Aber schämen sollten Sie sich. Wenn ich nicht wüßte, mit welch stolzer Leidenschaft Sie Ihrem Berufe ergeben sind..."

„Sagen Sie nichts von ‚Beruf‘, Lisaweta Iwanowna! Die Literatur ist überhaupt kein Beruf, sondern ein Fluch,— damit Sie's wissen. Wann beginnt er fühlbar zu werden, dieser Fluch? Früh, schrecklich früh. Zu einer Zeit, da man billig noch in Frieden und Eintracht mit Gott und der Welt leben sollte. Sie fangen an, sich gezeichnet, sich in einem rätselhaften Gegensatz zu den anderen, den Gewöhnlichen, den Ordentlichen zu fühlen, der Abgrund von Ironie, Unglaube, Opposition, Erkenntnis, Gefühl, der Sie von den Menschen trennt, klafft tiefer und tiefer, Sie sind einsam, und fortan gibt es keine Verständigung mehr. Was für ein Schicksal! Gesetzt, daß das Herz lebendig genug, l i e b e v o l l genug geblieben ist, es als furchtbar zu empfinden!... Ihr Selbstbewußtsein entzündet sich, weil Sie unter Tausenden das Zeichen an ihrer Stirne spüren und fühlen, daß es niemandem entgeht. Ich kannte einen Schauspieler von Genie, der als Mensch mit einer krankhaften Befangenheit und Haltlosigkeit zu kämpfen hatte. Sein überreiztes Ichgefühl zusammen mit dem Mangel an Rolle, an darstellerischer Aufgabe, bewirkten das bei diesem vollkommenen Künstler und verarmten Menschen... Einen Künstler, einen wirklichen, nicht einen, dessen bürgerlicher Beruf die Kunst ist, sondern einen vorbestimmten und verdammten, ersehen Sie mit geringem Scharfblick aus einer Menschenmasse. Das Gefühl der Separation und Unzugehörigkeit, des Erkannt- und Beobachtetseins, etwas zugleich Königliches und Verlegenes ist in seinem Gesicht. In den Zügen eines Fürsten, der in Zivil durch die Volksmenge schreitet, kann man etwas Ähnliches beobachten. Aber da hilft kein Zivil, Lisaweta! Verkleiden Sie sich, vermummen Sie sich, ziehen Sie sich an wie ein Attaché oder ein Gardeleutnant in Urlaub: Sie werden kaum die Augen aufzuschlagen und ein Wort zu sprechen brauchen, und jedermann wird wissen, daß Sie kein Mensch sind, sondern irgend etwas Fremdes, Befremdendes, Anderes...

„Aber was i s t der Künstler? Vor keiner Frage hat die Bequemlichkeit und Erkenntnisträgheit der Menschheit sich zäher erwiesen als vor dieser. ‚Dergleichen ist Gabe,‘ sagen demütig die braven Leute, die unter der Wirkung eines Künstlers stehen, und weil heitere und erhabene Wirkungen nach ihrer gutmütigen Meinung ganz unbedingt auch heitere und erhabene Ursprünge haben müssen, so argwöhnt niemand, daß es sich hier vielleicht um eine äußerst schlimm bedingte, äußerst fragwürdige ‚Gabe‘ handelt... Man weiß, daß Künstler leicht verletzlich sind,—nun, man weiß auch, daß dies bei Leuten mit gutem Gewissen und solid gegründetem Selbstgefühl nicht zuzutreffen pflegt... Sehen Sie, Lisaweta, ich hege auf dem Grunde meiner Seele—ins Geistige übertragen—gegen den Typus des

Künstlers den ganzen V e r d a c h t, den jeder meiner ehrenfesten Vorfahren droben in der engen Stadt irgend einem Gaukler und abenteuernden Artisten entgegengebracht hätte, der in sein Haus gekommen wäre. Hören Sie folgendes. Ich kenne einen Bankier, einen ergrauten Geschäftsmann, der die Gabe besitzt, Novellen zu schreiben. Er macht von dieser Gabe in seinen Mußestunden Gebrauch, und seine Arbeiten sind manchmal ganz ausgezeichnet. Trotz—ich sage ‚trotz'—dieser sublimen Veranlagung ist dieser Mann nicht völlig unbescholten; er hat im Gegenteil bereits eine schwere Freiheitsstrafe zu verbüßen gehabt, und zwar aus triftigen Gründen. Ja, es geschah ganz eigentlich erst in der Strafanstalt, daß er seiner Begabung inne wurde, und seine Sträflingserfahrungen bilden das Grundmotiv in allen seinen Produktionen. Man könnte daraus, mit einiger Keckheit, folgern, daß es nötig sei, in irgend einer Art von Strafanstalt zu Hause zu sein, um zum Dichter zu werden. Aber drängt sich nicht der Verdacht auf, daß seine Erlebnisse im Zuchthause weniger innig mit den Wurzeln und Ursprüngen seiner Künstlerschaft verwachsen gewesen sein möchten als d a s, w a s i h n h i n e i n b r a c h t e—? Ein Bankier, der Novellen dichtet, das ist eine Rarität, nicht wahr? Aber ein nicht krimineller, ein unbescholtener und solider Bankier, welcher Novellen dichtet,—d a s k o m m t n i c h t v o r ... Ja, da lachen Sie nun, und dennoch scherze ich nur halb und halb. Kein Problem, keines in der Welt, ist quälender als das vom Künstlertum und seiner menschlichen Wirkung. Nehmen Sie das wunderartigste Gebilde des typischsten und darum mächtigsten Künstlers, nehmen Sie ein so morbides und tief zweideutiges Werk wie ‚Tristan und Isolde' und beobachten Sie die Wirkung, die dieses Werk auf einen jungen, gesunden, stark normal empfindenden Menschen ausübt. Sie sehen Gehobenheit, Gestärktheit, warme, rechtschaffene Begeisterung, Angeregtheit vielleicht zu eigenem ‚künstlerischen' Schaffen . . . Der gute Dilettant! In uns Künstlern sieht es gründlich anders aus, als er mit seinem ‚warmen Herzen' und ‚ehrlichen Enthusiasmus' sich träumen mag. Ich habe Künstler von Frauen und Jünglingen umschwärmt und umjubelt gesehen, während ich über sie w u ß t e . . . Man macht, was die Herkunft, die Miterscheinungen und Bedingungen des Künstlertums betrifft, immer wieder die merkwürdigsten Erfahrungen . . ."

„An anderen, Tonio Kröger—verzeihen Sie—oder nicht nur an anderen?"

Er schwieg. Er zog seine schrägen Brauen zusammen und pfiff vor sich hin.

„Ich bitte um Ihre Tasse, Tonio. Er ist nicht stark. Und nehmen Sie eine neue Zigarette. Übrigens wissen Sie sehr wohl, daß Sie die Dinge ansehen, wie sie nicht notwendig angesehen zu werden brauchen . . .

„Das ist die Antwort des Horatio, liebe Lisaweta. ‚Die Dinge so betrachten, hieße, sie zu genau betrachten', nicht wahr?"

„Ich sage, daß man sie ebenso genau von einer anderen Seite betrachten kann, Tonio Kröger. Ich bin bloß ein dummes malendes Frauenzimmer, und wenn ich Ihnen überhaupt etwas zu erwidern weiß, wenn ich Ihren eigenen Beruf ein wenig gegen Sie in Schutz nehmen kann, so ist es sicherlich nichts Neues, was ich vorbringe, sondern nur eine Mahnung an das, was Sie selbst sehr wohl wissen . . . Wie also: Die reinigende, heiligende Wirkung der Literatur, die Zerstörung der Leidenschaften durch die Erkenntnis und das Wort, die Literatur als Weg zum Verstehen, zum Vergeben und zur Liebe, die erlösende Macht der Sprache, der literarische Geist als die edelste Erscheinung des Menschengeistes überhaupt, der Literat als vollkommener Mensch, als Heiliger,—die Dinge s o betrachten, hieße, sie nicht genau genug betrachten?"

„Sie haben ein Recht, so zu sprechen, Lisaweta Iwanowna, und zwar im Hinblick auf das Werk Ihrer Dichter, auf die anbetungswürdige russische Literatur, die so recht eigentlich die heilige Literatur darstellt, von der Sie reden. Aber ich habe Ihre Einwände nicht außer acht gelassen, sondern sie gehören mit zu dem, was mir heute im Sinne liegt ... Sehen Sie mich an. Ich sehe nicht übermäßig munter aus, wie? Ein bißchen alt und scharfzügig und müde, nicht wahr? Nun, um auf die ‚Erkenntnis‘ zurückzukommen, so ließe sich ein Mensch denken, der, von Hause aus gutgläubig, sanftmütig, wohlmeinend und ein wenig sentimental, durch die psychologische Hellsicht ganz einfach aufgerieben und zugrunde gerichtet würde. Sich von der Traurigkeit der Welt nicht übermannen lassen; beobachten, merken, einfügen, auch das Quälendste, und übrigens guter Dinge sein, schon im Vollgefühl der sittlichen Überlegenheit über die abscheuliche Erfindung des Seins,—ja, freilich! Jedoch zuweilen wächst Ihnen die Sache trotz aller Vergnügungen des Ausdrucks ein wenig über den Kopf. Alles verstehen hieße alles verzeihen? Ich weiß doch nicht. Es gibt etwas, was ich Erkenntnisekel nenne, Lisaweta: Der Zustand, in dem es dem Menschen genügt, eine Sache zu durchschauen, um sich bereits zum Sterben angewidert (und durchaus nicht versöhnlich gestimmt) zu fühlen, —der Fall Hamlets, des Dänen, dieses typischen Literaten. Er wußte, was das ist: zum Wissen berufen werden, ohne dazu geboren zu sein. Hellsehen noch durch den Tränenschleier des Gefühls hindurch, erkennen, merken, beobachten und das Beobachtete lächelnd beiseite legen müssen noch in Augenblicken, wo Hände sich umschlingen, Lippen sich finden, wo des Menschen Blick, erblindet vom Empfindung, sich bricht,—es ist infam, Lisaweta, es ist niederträchtig, empörend ... aber was hilft es, sich zu empören?

„Eine andere, aber nicht minder liebenswürdige Seite der Sache ist dann freilich die Blasiertheit, Gleichgültigkeit und ironische Müdigkeit aller Wahrheit gegenüber, wie es denn Tatsache ist, daß es nirgends in der Welt stummer und hoffnungsloser zugeht als in einem Kreise von geistreichen Leuten, die bereits mit allen Hunden gehetzt sind. Alle Erkenntnis ist alt und langweilig. Sprechen Sie eine Wahrheit aus, an deren Eroberung und Besitz Sie vielleicht eine gewisse jugendliche Freude haben, und man wird Ihre ordinäre Aufgeklärtheit mit einem ganz kurzen Entlassen der Luft durch die Nase beantworten ... Ach ja, die Literatur macht müde, Lisaweta! In menschlicher Gesellschaft kann es einem, ich versichere Sie, geschehen, daß man vor lauter Skepsis und Meinungsenthaltsamkeit für dumm gehalten wird, während man doch nur hochmütig und mutlos ist ... Dies zur ‚Erkenntnis‘. Was aber das ‚Wort‘ betrifft, so handelt es sich da vielleicht weniger um eine Erlösung als um ein Kaltstellen und Aufs-Eis-legen der Empfindung? Im Ernst, es hat eine eisige und empörend anmaßliche Bewandtnis mit dieser prompten und oberflächlichen Erledigung des Gefühls durch die literarische Sprache. Ist Ihnen das Herz zu voll, fühlen Sie sich von einem süßen oder erhabenen Erlebnis allzusehr ergriffen: nichts einfacher! Sie gehen zum Literaten, und alles wird in kürzester Frist geregelt sein. Er wird Ihnen Ihre Angelegenheit analysieren und formulieren, bei Namen nennen, aussprechen und zum Reden bringen, wird Ihnen das Ganze für alle Zeit erledigen und gleichgültig machen und keinen Dank dafür nehmen. Sie aber werden erleichtert, gekühlt und geklärt nach Hause gehen und sich wundern, was an der Sache Sie eigentlich soeben noch mit so süßem Tumult verstören konnte. Und für diesen kalten und eitlen Charlatan wollen Sie ernstlich eintreten? Was ausgesprochen ist, so lautet sein Glaubensbekenntnis, ist erledigt. Ist die ganze Welt ausgesprochen, so ist sie erledigt, erlöst, abgetan ... Sehr gut! Jedoch ich bin kein Nihilist ..."

„Sie sind kein—" sagte Lisaweta ... Sie hielt gerade ihr

Löffelchen mit Tee in der Nähe des Mundes und erstarrte in dieser Haltung.

„Nun ja . . . nun ja . . . kommen Sie zu sich, Lisaweta! Ich bin es nicht, sage ich Ihnen, in bezug auf das lebendige Gefühl. Sehen Sie, der Literat begreift im Grunde nicht, daß das Leben noch fortfahren mag, zu leben, daß es sich dessen nicht schämt, nachdem es doch ausgesprochen und ‚erledigt‘ ist. Aber siehe da, es sündigt trotz aller Erlösung durch die Literatur unentwegt darauf los; denn alles Handeln ist Sünde in den Augen des Geistes . . .

„Ich bin am Ziel, Lisaweta. Hören Sie mich an. Ich liebe das Leben—dies ist ein Geständnis. Nehmen Sie es und bewahren Sie es,—ich habe es noch keinem gemacht. Man hat gesagt, man hat es sogar geschrieben und drucken lassen, daß ich das Leben hasse oder fürchte oder verachte oder verabscheue. Ich habe dies gern gehört, es hat mir geschmeichelt; aber darum ist es nicht weniger falsch. Ich liebe das Leben . . . Sie lächeln, Lisaweta, und ich weiß, worüber. Aber ich beschwöre Sie, halten Sie es nicht für Literatur, was ich da sage! Denken Sie nicht an Cesare Borgia oder an irgend eine trunkene Philosophie, die ihn aufs Schild erhebt! Er ist mir nichts, dieser Cesare Borgia, ich halte nicht das Geringste auf ihn, und ich werde nie und nimmer begreifen, wie man das Außerordentliche und Dämonische als Ideal verehren mag. Nein, das ‚Leben‘, wie es als ewiger Gegensatz dem Geiste und der Kunst gegenübersteht,—nicht als eine Vision von blutiger Größe und wilder Schönheit, nicht als das Ungewöhnliche stellt es uns Ungewöhnlichen sich dar; sondern das Normale, Wohlanständige und Liebenswürdige ist das Reich unserer Sehnsucht, ist das Leben in seiner verführerischen Banalität! Der ist noch lange kein Künstler, meine Liebe, dessen letzte und tiefste Schwärmerei das Raffinierte, Exzentrische und Satanische ist, der die Sehnsucht nicht kennt nach dem Harmlosen, Einfachen und Lebendigen, nach ein wenig Freundschaft, Hingebung, Vertraulichkeit und menschlichem Glück,—die verstohlene und zehrende Sehnsucht, Lisaweta, nach den Wonnen der Gewöhnlichkeit!...

„Ein menschlicher Freund! Wollen Sie glauben, daß es mich stolz und glücklich machen würde, unter Menschen einen Freund zu besitzen? Aber bislang habe ich nur unter Dämonen, Kobolden, tiefen Unholden und erkenntnisstummen Gespenstern, das heißt: unter Literaten Freunde gehabt.

„Zuweilen gerate ich auf irgend ein Podium, finde mich in einem Saale Menschen gegenüber, die gekommen sind, mir zuzuhören. Sehen Sie, dann geschieht es, daß ich mich bei einer Umschau im Publikum beobachte, mich ertappe, wie ich heimlich im Auditorium umherspähe, mit der Frage im Herzen, wer es ist, der zu mir kam, wessen Beifall und Dank zu mir dringt, mit wem meine Kunst mir hier eine ideale Vereinigung schafft... Ich finde nicht, was ich suche, Lisaweta. Ich finde die Herde und Gemeinde, die mir wohlbekannt ist, eine Versammlung von ersten Christen gleichsam: Leute mit ungeschickten Körpern und feinen Seelen, Leute, die immer hinfallen, sozusagen, Sie verstehn mich, und denen die Poesie eine sanfte Rache am Leben ist,—immer nur Leidende und Sehnsüchtige und Arme und niemals jemand von den anderen, den Blauäugigen, Lisaweta, die den Geist nicht nötig haben!...

„Und wäre es nicht zuletzt ein bedauerlicher Mangel an Folgerichtigkeit, sich zu freuen, wenn es anders wäre? Es ist widersinnig, das Leben zu lieben und dennoch mit allen Künsten bestrebt zu sein, es auf seine Seite zu ziehen, es für die Finessen und Melancholien, den ganzen kranken Adel der Literatur zu gewinnen. Das Reich der Kunst nimmt zu, und das der Gesundheit und Unschuld nimmt ab auf Erden. Man sollte, was noch davon übrig ist, aufs Sorgfältigste konservieren, und man sollte nicht Leute, die viel lieber in Pferdebüchern mit Momentaufnahmen lesen, zur Poesie verführen wollen!

„Denn schließlich,—welcher Anblick wäre kläglicher als der des Lebens, wenn es sich in der Kunst versucht? Wir Künstler verachten niemand gründlicher als den Dilettanten, den Lebendigen, der glaubt, obendrein bei Gelegenheit einmal ein Künstler sein zu können. Ich versichere Sie, diese Art von Verachtung gehört zu meinen persönlichsten Erlebnissen. Ich befinde mich in einer Gesellschaft in gutem Hause, man ißt, trinkt und plaudert, man versteht sich aufs beste, und ich fühle mich froh und dankbar, eine Weile unter harmlosen und regelrechten Leuten als ihresgleichen verschwinden zu können. Plötzlich (dies ist mir begegnet) erhebt sich ein Offizier, ein Leutnant, ein hübscher und strammer Mensch, dem ich niemals eine seines Ehrenkleides unwürdige Handlungsweise zugetraut hätte, und bittet mit unzweideutigen Worten um die Erlaubnis, uns einige Verse mitzuteilen, die er angefertigt habe. Man gibt ihm, mit bestürztem Lächeln, diese Erlaubnis, und er führt sein Vorhaben aus, indem er von einem Zettel, den er bis dahin in seinem Rockschoß verborgen gehalten hat, seine Arbeit vorliest, etwas an die Musik und die Liebe, kurzum, ebenso tief empfunden wie unwirksam. Nun bitte ich aber jedermann: ein Leutnant! Ein Herr der Welt! Er hätte es doch wahrhaftig nicht nötig . . . ! Nun, es erfolgt, was erfolgen muß: Lange Gesichter, Stillschweigen, ein wenig künstlicher Beifall und tiefstes Mißbehagen ringsum. Die erste seelische Tatsache, deren ich mir bewußt werde, ist die, daß ich mich mitschuldig fühle an der Verstörung, die dieser unbedachte junge Mann über die Gesellschaft gebracht; und kein Zweifel: auch mich, in dessen Handwerk er gepfuscht hat, treffen spöttische und entfremdete Blicke. Aber die zweite besteht darin, daß dieser Mensch, vor dessen Sein und Wesen ich soeben noch den ehrlichsten Respekt empfand, in meinen Augen plötzlich sinkt, sinkt,

sinkt... Ein mitleidiges Wohlwollen faßt mich an. Ich trete, gleich einigen anderen beherzten und gutmütigen Herren, an ihn heran und rede ihm zu. ‚Meinen Glückwunsch,‘ sage ich, ‚Herr Leutnant! Welch hübsche Begabung! Nein, das war allerliebst!‘ Und es fehlt nicht viel, daß ich ihm auf die Schulter klopfe. Aber ist Wohlwollen die Empfindung, die man einem Leutnant entgegenzubringen hat?... Seine Schuld! Da stand er und büßte in großer Verlegenheit den Irrtum, daß man ein Blättchen pflücken dürfe, ein einziges, vom Lorbeerbaume der Kunst, ohne mit seinem Leben dafür zu zahlen. Nein, da halte ich es mit meinem Kollegen, dem kriminellen Bankier — — Aber finden Sie nicht, Lisaweta, daß ich heute von einer hamletischen Redseligkeit bin?"

„Sind Sie nun fertig, Tonio Kröger?"

„Nein. Aber ich sage nichts mehr."

„Und es genügt auch.—Erwarten Sie eine Antwort?"

„Haben Sie eine?"

„Ich dächte doch.—Ich habe Ihnen gut zugehört, Tonio, von Anfang bis zu Ende, und ich will Ihnen die Antwort geben, die auf alles paßt, was Sie heute nachmittag gesagt haben, und die die Lösung ist für das Problem, das Sie so sehr beunruhigt hat. Nun also! Die Lösung ist die, daß Sie, wie Sie da sitzen, ganz einfach ein Bürger sind."

„Bin ich?" fragte er und sank ein wenig in sich zusammen...

„Nicht wahr, das trifft Sie hart, und das muß es ja auch. Und darum will ich den Urteilsspruch um etwas mildern, denn das kann ich. Sie sind ein Bürger auf Irrwegen, Tonio Kröger,—ein verirrter Bürger."

—Stillschweigen. Dann stand er entschlossen auf und griff nach Hut und Stock.

„Ich danke Ihnen, Lisaweta Iwanowna; nun kann ich getrost nach Hause gehn. I c h b i n e r l e d i g t."

V

Gegen den Herbst sagte Tonio Kröger zu Lisaweta Iwanowna:

„Ja, ich verreise nun, Lisaweta; ich muß mich auslüften, ich mache mich fort, ich suche das Weite."

„Nun, wie denn, Väterchen, geruhen Sie wieder nach Italien zu fahren?"

„Gott, gehen Sie mir doch mit Italien, Lisaweta! Italien ist mir bis zur Verachtung gleichgültig! Das ist lange her, daß ich mir einbildete, dorthin zu gehören. Kunst, nicht wahr? Sammetblauer Himmel, heißer Wein und süße Sinnlichkeit . . . Kurzum, ich mag das nicht. Ich verzichte. Die ganze *bellezza* macht mich nervös. Ich mag auch alle diese fürchterlich lebhaften Menschen dort unten mit dem schwarzen Tierblick nicht leiden. Diese Romanen haben kein Gewissen in den Augen . . . Nein, ich gehe nun ein bißchen nach Dänemark."

„Nach Dänemark?"

„Ja. Und ich verspreche mir Gutes davon. Ich bin aus Zufall noch niemals hinaufgelangt, so nah ich während meiner ganzen Jugend der Grenze war, und dennoch habe ich das Land von jeher gekannt und geliebt. Ich muß wohl diese nördliche Neigung von meinem Vater haben, denn meine Mutter war doch eigentlich mehr für die *bellezza*, sofern ihr nämlich nicht Alles ganz einerlei war. Aber nehmen Sie die Bücher, die dort oben geschrieben werden, diese tiefen, reinen und humoristischen Bücher, Lisaweta,— es geht mir nichts darüber, ich liebe sie. Nehmen Sie die skandinavischen Mahlzeiten, diese unvergleichlichen Mahlzeiten, die man nur in einer starken Salzluft verträgt (ich weiß nicht, ob ich sie überhaupt noch vertrage) und die ich von Hause aus ein wenig kenne, denn man ißt schon ganz so bei mir zu Hause. Nehmen Sie auch nur die Namen, die

Vornamen, mit denen die Leute dort oben geschmückt sind und von denen es ebenfalls schon viele bei mir zu Hause gibt, einen Laut wie ,Ingeborg‘, ein Harfenschlag makellosester Poesie. Und dann die See,—Sie haben die Ostsee dort oben!... Mit einem Worte, ich fahre hinauf, Lisaweta. Ich will die Ostsee wiedersehen, will diese Vornamen wieder hören, diese Bücher an Ort und Stelle lesen; ich will auch auf der Terrasse von Kronborg stehen, wo der ,Geist‘ zu Hamlet kam und Not und Tod über den armen, edlen jungen Menschen brachte ...‘‘

„Wie fahren Sie, Tonio, wenn ich fragen darf? Welche Route nehmen Sie?“

„Die übliche,“ sagte er achselzuckend und errötete deutlich. „Ja, ich berühre meine—meinen Ausgangspunkt, Lisaweta, nach dreizehn Jahren, und das kann ziemlich komisch werden.“

Sie lächelte.

„Das ist es, was ich hören wollte, Tonio Kröger. Und also fahren Sie mit Gott. Versäumen Sie auch nicht, mir zu schreiben, hören Sie? Ich verspreche mir einen erlebnisvollen Brief von Ihrer Reise nach—Dänemark ...“

VI

Und Tonio Kröger fuhr gen Norden. Er fuhr mit Komfort (denn er pflegte zu sagen, daß jemand, der es innerlich so viel schwerer hat als andere Leute, gerechten Ausspruch auf ein wenig äußeres Behagen habe), und er rastete nicht eher, als bis die Türme der engen Stadt, von der er ausgegangen war, sich vor ihm in die graue Luft erhoben. Dort nahm er einen kurzen, seltsamen Aufenthalt ...

Ein trüber Nachmittag ging schon in den Abend über, als der Zug in die schmale, verräucherte, so wunderlich vertraute Halle einfuhr; noch immer ballte sich unter dem schmutzigen Glasdach der Qualm in Klumpen zusammen und zog in gedehnten Fetzen hin und wieder, wie damals, als Tonio Kröger, nichts als Spott im Herzen, von hier gefahren war.—Er versorgte sein Gepäck, ordnete an, daß es ins Hotel geschafft werde, und verließ den Bahnhof.

Das waren die zweispännigen, schwarzen, unmäßig hohen und breiten Droschken der Stadt, die draußen in einer Reihe standen! Er nahm keine davon; er sah sie nur an, wie er alles ansah, die schmalen Giebel und spitzen Türme, die über die nächsten Dächer herübergrüßten, die blonden und lässigplumpen Menschen mit ihrer breiten und dennoch rapiden Redeweise rings um ihn her, und ein nervöses Gelächter stieg in ihm auf, das eine heimliche Verwandtschaft mit Schluchzen hatte.—Er ging zu Fuß, ging langsam, den unablässigen Druck des feuchten Windes im Gesicht, über die Brücke, an deren Geländer mythologische Statuen standen, und eine Strecke am Hafen entlang.

Großer Gott, wie winzig und winklig das Ganze erschien! Waren hier in all der Zeit die schmalen Giebelgassen so putzig steil zur Stadt emporgestiegen? Die Schornsteine und Maste der Schiffe schaukelten leise in Wind und Dämmerung auf dem trüben Flusse. Sollte er jene Straße hinaufgehen, die dort, an der das Haus lag, das er im Sinne hatte? Nein, morgen. Er war so schläfrig jetzt. Sein Kopf war schwer von der Fahrt, und langsame, nebelhafte Gedanken zogen ihm durch den Sinn.

Zuweilen in diesen dreizehn Jahren, wenn sein Magen verdorben gewesen war, hatte ihm geträumt, daß er wieder daheim sei in dem alten, hallenden Haus an der schrägen Gasse, daß auch sein Vater wieder da sei und ihn hart anlasse wegen seiner entarteten Lebensführung, was er jedesmal sehr in der Ordnung gefunden hatte. Und diese Gegenwart nun unterschied sich durch nichts von einem dieser betörenden und unzerreißbaren Traumgespinste, in denen man sich fragen kann, ob dies Trug oder Wirklichkeit ist, und sich notgedrungen mit Überzeugung für das letztere entscheidet, um dennoch am Ende zu erwachen... Er schritt durch die wenig belebten, zugigen Straßen, hielt den Kopf gegen den Wind gebeugt und schritt wie schlafwandelnd in der Richtung des Hotels, des ersten der Stadt, wo er übernachten wollte. Ein krummbeiniger Mann mit einer Stange, an deren Spitze ein Feuerchen brannte, ging mit wiegendem Matrosenschritt vor ihm her und zündete die Gaslaternen an.

Wie war ihm doch? Was war das alles, was unter der Asche seiner Müdigkeit, ohne zur klaren Flamme zu werden, so dunkel und schmerzlich glomm? Still, still und kein Wort! Keine Worte! Er wäre gern lange so dahingegangen, im Wind durch die dämmerigen, traumhaft vertrauten Gassen. Aber alles war so eng und nah bei einander. Gleich war man am Ziel.

In der oberen Stadt gab es Bogenlampen, und eben erglühten sie. Da war das Hotel, und es waren die beiden schwarzen Löwen, die davor lagen und vor denen er sich als Kind gefürchtet hatte. Noch immer blickten sie mit einer Miene, als wollten sie niesen, einander an; aber sie schienen viel kleiner geworden, seit damals.—Tonio Kröger ging zwischen ihnen hindurch.

Da er zu Fuß kam, wurde er ohne viel Feierlichkeit empfangen. Der Portier und ein sehr feiner, schwarzgekleideter Herr, welcher die Honneurs machte und beständig mit den kleinen Fingern seine Manschetten in die Ärmel zurückstieß, musterten ihn prüfend und wägend vom Scheitel bis zu den Stiefeln, sichtlich bestrebt, ihn gesellschaftlich ein wenig zu bestimmen, ihn hierarchisch und bürgerlich unterzubringen und ihm einen Platz in ihrer Achtung anzuweisen, ohne doch zu einem beruhigenden Ergebnis gelangen zu können, weshalb sie sich für eine gemäßigte Höflichkeit entschieden. Ein Kellner, ein milder Mensch mit rotblonden Backenbartstreifen, einem altersblanken Frack und Rosetten auf den lautlosen Schuhen, führte ihn zwei Treppen hinauf in ein reinlich und altväterlich eingerichtetes Zimmer, hinter dessen Fenster sich im Zwielicht ein pittoresker und mittelalterlicher Ausblick auf Höfe, Giebel und die bizarren Massen der Kirche eröffnete, in deren Nähe das Hotel gelegen war. Tonio Kröger stand eine Weile vor diesem Fenster; dann setzte er sich mit gekreuzten Armen auf das weitschweifige Sofa, zog seine Brauen zusammen und pfiff vor sich hin.

Man brachte Licht, und sein Gepäck kam. Gleichzeitig legte der milde Kellner den Meldezettel auf den Tisch, und Tonio Kröger malte mit seitwärts geneigtem Kopfe etwas darauf, das aussah wie Name, Stand und Herkunft. Hierauf bestellte er ein wenig Abendbrot und fuhr fort, von seinem Sofawinkel aus ins Leere zu blicken. Als das Essen vor ihm stand, ließ er es noch lange unberührt, nahm endlich ein paar Bissen und ging noch eine Stunde im Zimmer auf und ab, wobei er zuweilen stehen blieb und die Augen schloß. Dann entkleidete er sich mit langsamen Bewegungen und ging zu Bette. Er schlief lange, unter verworrenen und seltsam sehnsüchtigen Träumen.—

Als er erwachte, sah er sein Zimmer von hellem Tage erfüllt. Verwirrt und hastig besann er sich, wo er sei, und machte sich auf, um die Vorhänge zu öffnen. Des Himmels schon ein wenig blasses Spätsommer-Blau war von dünnen, vom Wind zerzupften Wolkenfetzchen durchzogen; aber die Sonne schien über seiner Vaterstadt.

Er verwandte noch mehr Sorgfalt auf seine Toilette als gewöhnlich, wusch und rasierte sich aufs beste und machte sich so frisch und reinlich, als habe er einen Besuch in gutem, korrektem Hause vor, wo es gälte, einen schmucken und untadelhaften Eindruck zu machen; und während der Hantierungen des Ankleidens horchte er auf das ängstliche Pochen seines Herzens.

Wie hell es draußen war! Er hätte sich wohler gefühlt, wenn, wie gestern, Dämmerung in den Straßen gelegen hätte; nun aber sollte er unter den Augen der Leute durch den klaren Sonnenschein gehen. Würde er auf Bekannte stoßen, angehalten, befragt werden und Rede stehen müssen, wie er diese dreizehn Jahre verbracht? Nein, gottlob, es kannte ihn keiner mehr, und wer sich seiner erinnerte, würde ihn nicht erkennen, denn er hatte sich wirklich ein wenig verändert unterdessen. Er betrachtete sich aufmerksam im Spiegel, und plötzlich fühlte er sich sicherer hinter seiner Maske, hinter seinem früh durcharbeiteten Gesicht, das älter als seine Jahre war ... Er ließ Frühstück kommen und ging dann aus, ging unter den abschätzenden Blicken des Portiers und des feinen Herrn in Schwarz durch das Vestibül und zwischen den beiden Löwen hindurch ins Freie.

Wohin ging er? Er wußte es kaum. Es war wie gestern. Kaum, daß er sich wieder von diesem wunderlich würdigen und urvertrauten Beieinander von Giebeln, Türmchen, Arkaden, Brunnen umgeben sah, kaum daß er den Druck des Windes, des starken Windes, der ein zartes und herbes Aroma aus fernen Träumen mit sich führte, wieder im Angesicht spürte, als es sich ihm wie Schleier und Nebelgespinst um die Sinne legte ... Die Muskeln seines Gesichtes spannten sich ab; und mit stille gewordenem Blick betrachtete er Menschen und Dinge. Vielleicht, daß er dort, an jener Straßenecke, dennoch erwachte ...

Wohin ging er? Ihm war, als stehe die Richtung, die er einschlug, in einem Zusammenhange mit seinen traurigen und seltsam reuevollen Träumen zur Nacht ... Auf den Markt ging er, unter den Bogengewölben des Rathauses hindurch, wo Fleischer mit blutigen Händen ihre Ware wogen, auf den Marktplatz, wo hoch, spitzig und vielfach der gotische Brunnen stand. Dort blieb er vor einem Hause stehen, einem schmalen und schlichten, gleich anderen mehr, mit einem geschwungenen, durchbrochenen Giebel, und versank in dessen Anblick. Er las das Namensschild an der Tür und ließ seine Augen ein Weilchen auf jedem der Fenster ruhen. Dann wandte er sich langsam zum Gehen.

Wohin ging er? Heimwärts. Aber er nahm einen Umweg, machte einen Spaziergang vors Tor hinaus, weil er Zeit hatte. Er ging über den Mühlenwall und den Holstenwall und hielt seinen Hut fest vor dem Winde, der in den Bäumen rauschte und knarrte. Dann verließ er die Wallanlagen unfern des Bahnhofes, sah einen Zug mit plumper Eilfertigkeit vorüberpuffen, zählte zum Zeitvertreib die Wagen und blickte dem Manne nach, der zuhöchst auf dem allerletzten saß. Aber am Lindenplatze machte er vor einer der hübschen Villen halt, die dort standen, spähte lange in den Garten und zu den Fenstern hinauf und verfiel am Ende darauf, die Gatterpforte in ihren Angeln hin- und herzuschlenkern, so daß es kreischte. Dann betrachtete er eine Weile seine Hand, die kalt und rostig geworden war, und ging weiter, ging durch das alte, untersetzte Tor, am Hafen entlang und die steile zugige Gasse hinauf zum Haus seiner Eltern.

Es stand, eingeschlossen von den Nachbarhäusern, die sein Giebel überragte, grau und ernst wie seit dreihundert Jahren, und Tonio Kröger las den frommen Spruch, der in halbverwischten Lettern über dem Eingang stand. Dann atmete er auf und ging hinein.

Sein Herz schlug ängstlich, denn er gewärtigte, sein Vater könnte aus einer der Türen zu ebener Erde, an denen er vorüberschritt, hervortreten, im Kontorrock und die Feder hinterm Ohr, ihn anhalten und ihn wegen seines extravaganten Lebens streng zur Rede stellen, was er sehr in der Ordnung gefunden hätte. Aber er gelangte unbehelligt vorbei. Die Windfangtür war nicht geschlossen, sondern nur angelehnt, was er als tadelnswert empfand, während ihm gleichzeitig zumute war wie in gewissen leichten Träumen, in denen die Hindernisse von selbst vor einem weichen und man, von wunderbarem Glück begünstigt, ungehindert vorwärts dringt... Die weite Diele, mit großen, viereckigen Steinfliesen gepflastert, widerhallte von seinen Schritten. Der Küche gegenüber, in der es still war, sprangen wie vor Alters in beträchtlicher Höhe die seltsamen, plumpen, aber reinlich lackierten Holzgelasse aus der Wand hervor, die Mägdekammern, die nur durch eine Art freiliegender Stiege von der Diele aus zu erreichen waren. Aber die großen Schränke und die geschnitzte Truhe waren nicht mehr da, die hier gestanden hatten... Der Sohn des Hauses beschritt die gewaltige Treppe und stützte sich mit der Hand auf das weißlackierte, durchbrochene Holzgeländer, indem er sie bei jedem Schritte erhob und beim nächsten sacht wieder darauf niedersinken ließ, wie als versuche er schüchtern, ob die ehemalige Vertrautheit mit diesem alten, soliden Geländer wiederherzustellen sei... Aber auf dem Treppenabsatz blieb er stehen, vorm Eingang zum Zwischengeschoß. An der Tür war ein weißes Schild befestigt, auf dem in schwarzen Buchstaben zu lesen war: Volksbibliothek.

Volksbibliothek? dachte Tonio Kröger, denn er fand, daß hier weder das Volk noch die Literatur etwas zu suchen hatten. Er klopfte an die Tür... Ein Herein ward laut, und er folgte ihm. Gespannt und finster blickte er in eine höchst unziemliche Veränderung hinein.

Das Geschoß war drei Stuben tief, deren Verbindungstüren offen standen. Die Wände waren fast in ihrer ganzen Höhe mit gleichförmig gebundenen Büchern bedeckt, die auf dunklen Gestellen in langen Reihen standen. In jedem Zimmer saß hinter einer Art von Ladentisch ein dürftiger Mensch und schrieb. Zwei davon wandten nur die Köpfe nach Tonio Kröger, aber der erste stand eilig auf, wobei er sich mit beiden Händen auf die Tischplatte stützte, den Kopf vorschob, die Lippen spitzte, die Brauen emporzog und den Besucher mit eifrig zwinkernden Augen anblickte...

„Verzeihung," sagte Tonio Kröger, ohne den Blick von den vielen Büchern zu wenden. „Ich bin hier fremd, ich besichtige die Stadt. Dies ist also die Volksbibliothek? Würden Sie erlauben, daß ich mir ein wenig Einblick in die Sammlung verschaffe?"

„Gern!" sagte der Beamte und zwinkerte noch heftiger ... „Gewiß, das steht jedermann frei. Wollen Sie sich nur umsehen ... Ist Ihnen ein Katalog gefällig?"

„Danke," antwortete Tonio Kröger. „Ich orientiere mich leicht." Damit begann er, langsam an den Wänden entlang zu schreiten, indem er sich den Anschein gab, als studiere er die Titel auf den Bücherrücken. Schließlich nahm er einen Band heraus, öffnete ihn und stellte sich damit ans Fenster.

Hier war das Frühstückszimmer gewesen. Man hatte hier morgens gefrühstückt, nicht droben im großen Eßsaal, wo aus der blauen Tapete weiße Götterstatuen hervortraten ... Das dort hatte als Schlafzimmer gedient. Seines Vaters Mutter war dort gestorben, so alt sie war, unter schweren Kämpfen, denn sie war eine genußfrohe Weltdame und hing am Leben. Und später hatte dort sein Vater selbst den letzten Seufzer getan, der lange, korrekte, ein wenig wehmütige und nachdenkliche Herr mit der Feldblume im Knopfloch ... Tonio hatte am Fußende seines Sterbebettes gesessen, mit heißen Augen, ehrlich und gänzlich hingegeben an ein stummes und starkes Gefühl, an Liebe und Schmerz. Und auch seine Mutter hatte am Lager gekniet, seine schöne feurige Mutter, ganz aufgelöst in heißen Tränen; worauf sie mit dem südlichen Künstler in blaue Fernen gezogen war ... Aber dort hinten, das kleinere, dritte Zimmer, nun ebenfalls ganz mit Büchern angefüllt, die ein dürftiger Mensch bewachte, war lange Jahre hindurch sein eigenes gewesen. Dorthin war er nach der Schule heimgekehrt, nachdem er einen Spaziergang, wie eben jetzt, gemacht, an jener Wand hatte sein Tisch gestanden, in dessen Schublade er seine ersten innigen und hilflosen Verse verwahrt hatte... Der Walnußbaum... Eine stechende Wehmut durchzuckte ihn. Er blickte seitwärts durchs Fenster hinaus. Der Garten lag wüst, aber der alte Walnußbaum stand an seinem Platze, schwerfällig knarrend und rauschend im Winde. Und Tonio Kröger ließ die Augen auf das Buch zurückgleiten, das er in Händen hielt, ein hervorragendes Dichtwerk und ihm wohlbekannt. Er blickte auf diese schwarzen Zeilen und Satzgruppen nieder, folgte eine Strecke dem kunstvollen Fluß des Vortrags, wie er in gestaltender Leidenschaft sich zu einer Pointe und Wirkung erhob und dann effektvoll absetzte...

Ja, das ist gut gemacht, sagte er, stellte das Dichtwerk weg und wandte sich. Da sah er, daß der Beamte noch immer aufrecht stand und mit einem Mischausdruck von Diensteifer und nachdenklichem Mißtrauen seine Augen zwinkern ließ.

„Eine ausgezeichnete Sammlung, wie ich sehe," sagte Tonio Kröger. „Ich habe schon einen Überblick gewonnen. Ich bin Ihnen sehr verbunden. Adieu." Damit ging er zur Tür hinaus; aber es war ein zweifelhafter Abgang, und er fühlte deutlich, daß der Beamte, voller Unruhe über diesen Besuch, noch minutenlang stehen und zwinkern würde.

Er spürte keine Neigung, noch weiter vorzudringen. Er war zu Hause gewesen. Droben, in den großen Zimmern hinter der Säulenhalle, wohnten fremde Leute, er sah es; denn der Treppenkopf war durch eine Glastür verschlossen, die ehemals nicht dagewesen war, und irgend ein Namensschild war daran. Er ging fort, ging die Treppe hinunter, über die hallende Diele, und verließ sein Elternhaus. In einem Winkel eines Restaurants nahm er in sich gekehrt eine schwere und fette Mahlzeit ein und kehrte dann ins Hotel zurück.

„Ich bin fertig," sagte er zu dem feinen Herrn in

Schwarz. „Ich reise heute nachmittag." Und er bestellte seine Rechnung, sowie den Wagen, der ihn an den Hafen bringen sollte, zum Dampfschiff nach Kopenhagen. Dann ging er auf sein Zimmer und setzte sich an den Tisch, saß still und aufrecht, indem er die Wange in die Hand stützte und mit blicklosen Augen auf die Tischplatte niedersah. Später beglich er seine Rechnung und machte seine Sachen bereit. Zur festgesetzten Zeit ward der Wagen gemeldet, und Tonio Kröger stieg reisefertig hinab.

Drunten, am Fuße der Treppe, erwartete ihn der feine Herr in Schwarz.

„Um Vergebung!" sagte er und stieß mit den kleinen Fingern seine Manschetten in die Ärmel zurück ... „Verzeihen Sie, mein Herr, daß wir Sie noch eine Minute in Anspruch nehmen müssen. Herr Seehaase—der Besitzer des Hotels—ersucht Sie um eine Unterredung von zwei Worten. Eine Formalität ... Er befindet sich dort hinten ... Wollen Sie die Güte haben, sich mit mir zu bemühen ... Es ist n u r Herr Seehaase, der Besitzer des Hotels."

Und er führte Tonio Kröger unter einladendem Gestenspiel in den Hintergrund des Vestibüls. Dort stand in der Tat Herr Seehaase. Tonio Kröger kannte ihn von Ansehen aus alter Zeit. Er war klein, fett und krummbeinig. Sein geschorener Backenbart war weiß geworden; aber noch immer trug er eine weit ausgeschnittene Frackjacke und dazu ein grün gesticktes Sammetmützchen. Übrigens war er nicht allein. Bei ihm, an einem kleinen, an der Wand befestigten Pultbrett, stand, den Helm auf dem Kopf, ein Polizist, welcher seine behandschuhte Rechte auf einem bunt beschriebenen Papier ruhen ließ, das vor ihm auf dem Pulte lag, und Tonio Kröger mit seinem ehrlichen Soldatengesicht so entgegensah, als erwartete er, daß dieser bei seinem Anblick in den Boden versinken müsse.

Tonio Kröger blickte von Einem zum Andern und verlegte sich aufs Warten.

„Sie kommen von München?" fragte endlich der Polizist mit einer gutmütigen und schwerfälligen Stimme.

Tonio Kröger bejahte dies.

„Sie reisen nach Kopenhagen?"

„Ja, ich bin auf der Reise in ein dänisches Seebad."

„Seebad?—Ja, Sie müssen mal Ihre Papiere vorweisen," sagte der Polizist, indem er das letzte Wort mit besonderer Genugtuung aussprach.

„Papiere..." Er hatte keine Papiere. Er zog seine Brieftasche hervor und blickte hinein; aber es befand sich außer einigen Geldscheinen nichts darin als die Korrektur einer Novelle, die er an seinem Reiseziel zu erledigen gedachte. Er verkehrte nicht gern mit Beamten und hatte sich noch niemals einen Paß ausstellen lassen...

„Es tut mir leid," sagte er, „aber ich führe keine Papiere bei mir."

„So?" sagte der Polizist... „Gar keine?—Wie ist Ihr Name?"

Tonio Kröger antwortete ihm.

„Ist das auch wahr?!" fragte der Polizist, reckte sich auf und öffnete plötzlich seine Nasenlöcher, so weit er konnte...

„Vollkommen wahr," antwortete Tonio Kröger.

„Was sind Sie denn?"

Tonio Kröger schluckte hinunter und nannte mit fester Stimme sein Gewerbe.—Herr Seehaase hob den Kopf und sah neugierig in sein Gesicht empor.

„Hm!" sagte der Polizist. „Und Sie geben an, nicht identisch zu sein mit einem Individium namens—" Er sagte „Individium" und buchstabierte dann aus dem buntbeschriebenen Papier einen ganz verzwickten und romantischen Namen zusammen, der aus den Lauten verschiedener Rassen abenteuerlich gemischt erschien und den Tonio Kröger im nächsten Augenblick wieder vergessen hatte. „—Welcher," fuhr er fort, „von unbekannten Eltern und unbestimmter Zuständigkeit wegen verschiedener Betrügereien und anderer Vergehen von der Münchener Polizei verfolgt wird und sich wahrscheinlich auf der Flucht nach Dänemark befindet?"

„Ich gebe das nicht nur an," sagte Tonio Kröger und machte eine nervöse Bewegung mit den Schultern.—Dies rief einen gewissen Eindruck hervor.

„Wie? Ach so, na gewiß!" sagte der Polizist. „Aber daß Sie auch gar nichts vorweisen können!"

Auch Herr Seehaase legte sich beschwichtigend ins Mittel.

„Das Ganze ist eine Formalität," sagte er, „nichts weiter! Sie müssen bedenken, daß der Beamte nur seine Schuldigkeit tut. Wenn Sie sich irgendwie legitimieren könnten ... Ein Papier ..."

Alle schwiegen. Sollte er der Sache ein Ende machen, indem er sich zu erkennen gab, indem er Herrn Seehaase eröffnete, daß er kein Hochstapler von unbestimmter Zuständigkeit sei, von Geburt kein Zigeuner im grünen Wagen, sondern der Sohn Konsul Krögers, aus der Familie der Kröger? Nein, er hatte keine Lust dazu. Und waren diese Männer der bürgerlichen Ordnung nicht im Grunde ein wenig im Recht? Gewissermaßen war er ganz einverstanden mit ihnen ... Er zuckte die Achseln und blieb stumm.

„Was haben Sie denn da?" fragte der Polizist. „Da, in dem Porteföhch?"

„Hier? Nichts. Es ist eine Korrektur," antwortete Tonio Kröger.

„Korrektur? Wieso? Lassen Sie mal sehen."

Und Tonio Kröger überreichte ihm seine Arbeit. Der Polizist breitete sie auf der Pultplatte aus und begann darin zu lesen. Auch Herr Seehaase trat näher herzu und beteiligte sich an der Lektüre. Tonio Kröger blickte ihnen über die Schultern und beobachtete, bei welcher Stelle sie seien. Es war ein guter Moment, eine Pointe und Wirkung, die er vortrefflich herausgearbeitet hatte. Er war zufrieden mit sich.

„Sehen Sie!" sagte er. „Da steht mein Name. Ich habe dies geschrieben, und nun wird es veröffentlicht, verstehen Sie."

„Nun, das genügt!" sagte Herr Seehaase mit Entschluß, raffte die Blätter zusammen, faltete sie und gab sie ihm zurück. „Das muß genügen, Petersen!" wiederholte er kurz, indem er verstohlen die Augen schloß und abwinkend den Kopf schüttelte. „Wir dürfen den Herrn nicht länger aufhalten. Der Wagen wartet. Ich bitte sehr, die kleine Störung zu entschuldigen, mein Herr. Der Beamte hat ja nur seine Pflicht getan, aber ich sagte ihm sofort, daß er auf falscher Fährte sei . . ."

So? dachte Tonio Kröger.

Der Polizist schien nicht ganz einverstanden; er wandte noch etwas ein von „Individidium" und „vorweisen". Aber Herr Seehaase führte seinen Gast unter wiederholten Ausdrücken des Bedauerns durch das Vestibül zurück, geleitete ihn zwischen den beiden Löwen hindurch zum Wagen und schloß selbst unter Achtungsbezeugungen den Schlag hinter ihm. Und dann rollte die lächerlich hohe und breite Droschke stolpernd, klirrend und lärmend die steilen Gassen hinab zum Hafen . . .

Dies war Tonio Krögers seltsamer Aufenthalt in seiner Vaterstadt.

VII

Die Nacht fiel ein, und mit einem schwimmenden Silberglanz stieg schon der Mond empor, als Tonio Krögers Schiff die offene See gewann. Er stand am Bugspriet, in seinen Mantel gehüllt vor dem Winde, der mehr und mehr erstarkte, und blickte hinab in das dunkle Wandern und Treiben der starken, glatten Wellenleiber dort unten, die umeinander schwankten, sich klatschend begegneten, in unerwarteten Richtungen auseinanderschossen und plötzlich schaumig aufleuchteten . . .

Eine schaukelnde und still entzückte Stimmung erfüllte ihn. Er war ein wenig niedergeschlagen gewesen, daß man ihn daheim als Hochstapler hatte verhaften wollen, ja,— obgleich er es gewissermaßen in der Ordnung gefunden hatte. Aber dann, nachdem er sich eingeschifft, hatte er, wie als Knabe zuweilen mit seinem Vater, dem Verladen der Waren zugesehen, mit denen man, unter Rufen, die ein Gemisch aus Dänisch und Plattdeutsch waren, den tiefen Bauch des Dampfers füllte, hatte gesehen, wie man außer den Ballen und Kisten auch einen Eisbären und einen Königstiger in dick vergitterten Käfigen hinabließ, die wohl von Hamburg kamen und für eine dänische Menagerie bestimmt waren; und dies hatte ihn zerstreut. Während dann das Schiff zwischen den flachen Ufern den Fluß entlang glitt, hatte er Polizist Petersens Verhör ganz und gar vergessen; und alles, was vorher gewesen war, seine süßen, traurigen und reuigen Träume der Nacht, der Spaziergang, den er gemacht, der Anblick des Walnußbaumes, war wieder in seiner Seele stark geworden. Und nun, da das Meer sich öffnete, sah er von fern den Strand, an dem er als Knabe die sommerlichen Träume des Meeres hatte belauschen dürfen, sah die Glut des Leuchtturms und die Lichter des Kurhauses, darin er mit seinen Eltern gewohnt... Die Ostsee! Er lehnte den Kopf gegen den starken Salzwind, der reif und ohne Hindernis daherkam, die Ohren umhüllte und einen gelinden Schwindel, eine gedämpfte Betäubung hervorrief, in der die Erinnerung an alles Böse, an Qual und Irrsal, an Wollen und Mühen träge und selig unterging. Und in dem Sausen, Klatschen, Schäumen und Ächzen rings um ihn her glaubte er das Rauschen und Knarren des alten Walnußbaumes, das Kreischen einer Gartenpforte zu hören . . . Es dunkelte mehr und mehr.

„Die Sderne, Gott, sehen Sie doch bloß die Sderne an,"
sagte plötzlich mit schwerfällig singender Betonung eine
Stimme, die aus dem Innern einer Tonne zu kommen
schien. Er kannte sie schon. Sie gehörte einem rotblonden
und schlicht gekleideten Mann mit geröteten Augenlidern
und einem feuchtkalten Aussehen, als habe er soeben ge-
badet. Beim Abendessen in der Kajüte war er Tonio
Krögers Nachbar gewesen und hatte mit zagen und be-
scheidenen Bewegungen erstaunliche Mengen von Hum-
mer-Omelette zu sich genommen. Nun lehnte er neben ihm
an der Brüstung und blickte zum Himmel empor, indem er
sein Kinn mit Daumen und Zeigefinger erfaßt hielt. Ohne
Zweifel befand er sich in einer jener außerordentlichen und
festlich-beschaulichen Stimmungen, in denen die Schran-
ken zwischen den Menschen dahinsinken, in denen das
Herz auch Fremden sich öffnet und der Mund Dinge
spricht, vor denen er sich sonst schamhaft verschließen
würde ...

„Sehen Sie, Herr, doch bloß die Sderne an. Da sdehen
sie und glitzern, es ist, weiß Gott, der ganze Himmel voll.
Und nun bitt' ich Sie, wenn man hinaufsieht und bedenkt,
daß viele davon doch hundertmal größer sein sollen als die
Erde, wie wird einem da zu Sinn? Wir Menschen haben
den Telegraphen erfunden und das Telephon und so viele
Errungenschaften der Neuzeit, ja, das haben wir. Aber
wenn wir da hinaufsehen, so müssen wir doch erkennen
und versdehen, daß wir im Grunde Gewürm sind, elendes
Gewürm und nichts weiter,—hab' ich recht oder un-
recht, Herr? Ja, wir sind Gewürm!" antwortete er sich
selbst und nickte demütig und zerknirscht zum Firmament
empor.

Au ... nein, der hat keine Literatur im Leibe! dachte
Tonio Kröger. Und alsbald fiel ihm etwas ein, was er
kürzlich gelesen hatte, der Aufsatz eines berühmten französischen Schriftstellers über kosmologische und psycho-

logische Weltanschauung; es war ein recht feines Ge-
schwätz gewesen.

Er gab dem jungen Mann etwas wie eine Antwort auf
seine tief erlebte Bemerkung, und dann fuhren sie fort, miteinander zu sprechen, indem sie, über die Brüstung gelehnt,
in den unruhig erhellten, bewegten Abend hinausblickten.
Es erwies sich, daß der Reisegefährte ein junger Kaufmann
aus Hamburg war, der seinen Urlaub zu dieser Vergnü-
gungsfahrt benutzte . . .

„Sollst," sagte er, „ein bißchen mit dem steamer nach
Kopenhagen fahren, denk' ich, und da sdeh ich nun, und
es ist ja so weit ganz schön. Aber das mit den Hummer-
Omeletten, das war nicht richtig, Herr, das sollen Sie sehn,
denn die Nacht wird sdürmisch, das hat der Kapitän selbst
gesagt, und mit so einem unbekömmlichen Essen im Magen
ist das kein Sbaß . . ."

Tonio Kröger lauschte all dieser zutunlichen Torheit mit
einem heimlichen und freundschaftlichen Gefühl.

„Ja," sagte er, „man ißt überhaupt zu schwer hier oben.
Das macht faul und wehmütig."

„Wehmütig?" wiederholte der junge Mann und betrachtete ihn verdutzt . . . „Sie sind wohl fremd hier, Herr?"
fragte er plötzlich . . .

„Ach ja, ich komme weit her!" antwortete Tonio Kröger
mit einer vagen und abwehrenden Armbewegung.

„Aber Sie haben recht," sagte der junge Mann; „Sie
haben, weiß Gott, recht in dem, was Sie von wehmütig
sagen! Ich bin fast immer wehmütig aber besonders an
solchen Abenden wie heute, wenn die Sderne am Himmel
sdehn." Und er stützte wieder sein Kinn mit Daumen und
Zeigefinger.

Sicherlich schreibt er Verse, dachte Tonio Kröger, tief
ehrlich empfundene Kaufmannsverse . . .

Der Abend rückte vor, und der Wind war nun so heftig
geworden, daß er das Sprechen behinderte. So beschlossen

sie, ein wenig zu schlafen, und wünschten einander gute Nacht.

Tonio Kröger streckte sich in seiner Koje auf der schmalen Bettstatt aus, aber er fand keine Ruhe. Der strenge Wind und sein herbes Arom hatten ihn seltsam erregt, und sein Herz war unruhig wie in ängstlicher Erwartung von etwas Süßem. Auch verursachte die Erschütterung, welche entstand, wenn das Schiff einen steilen Wogenberg hinabglitt und die Schraube wie im Krampf außerhalb des Wassers arbeitete, ihm arge Übelkeit. Er kleidete sich wieder vollends an und stieg ins Freie hinauf.

Wolken jagten am Monde vorbei. Das Meer tanzte. Nicht runde und gleichmäßige Wellen kamen in Ordnung daher, sondern weithin, in bleichem und flackerndem Licht, war die See zerrissen, zerpeitscht, zerwühlt, leckte und sprang in spitzen, flammenartigen Riesenzungen empor, warf neben schaumerfüllten Klüften zackige und unwahrscheinliche Gebilde auf und schien mit der Kraft ungeheurer Arme in tollem Spiel den Gischt in alle Lüfte zu schleudern. Das Schiff hatte schwere Fahrt; stampfend, schlenkernd und ächzend arbeitete es sich durch den Tumult, und manchmal hörte man den Eisbären und den Tiger, die unter dem Seegang litten, in seinem Innern brüllen. Ein Mann im Wachstuchmantel, die Kapuze überm Kopf und eine Laterne um den Leib geschnallt, ging breitbeinig und mühsam balancierend auf dem Verdecke hin und her. Aber dort hinten stand, tief über Bord gebeugt, der junge Mann aus Hamburg und ließ es sich schlecht ergehen. „Gott," sagte er mit hohler und wankender Stimme, als er Tonio Kröger gewahrte, „sehen Sie doch bloß den Aufruhr der Elemente, Herr!" Aber dann wurde er unterbrochen und wandte sich eilig ab.

Tonio Kröger hielt sich an irgend einem gestrafften Tau und blickte hinaus in all den unbändigen Übermut. In ihm schwang sich ein Jauchzen auf, und ihm war, als sei es mächtig genug, um Sturm und Flut zu übertönen. Ein Sang an das Meer, begeistert von Liebe, tönte in ihm. Du meiner Jugend wilder Freund, so sind wir einmal noch vereint... Aber dann war das Gedicht zu Ende. Es ward nicht fertig, nicht rund geformt und nicht in Gelassenheit zu etwas Ganzem geschmiedet. Sein Herz lebte...

Lange stand er so; dann streckte er sich auf einer Bank am Kajütenhäuschen aus und blickte zum Himmel hinauf, an dem die Sterne flackerten. Er schlummerte sogar ein wenig. Und wenn der kalte Schaum in sein Gesicht spritzte, so war es ihm im Halbschlaf wie eine Liebkosung.

Senkrechte Kreidefelsen, gespenstisch im Mondschein, kamen in Sicht und näherten sich; das war Möen, die Insel. Und wieder trat Schlummer dazwischen, unterbrochen von salzigen Sprühschauern, die scharf ins Gesicht bissen und die Züge erstarren ließen... Als er völlig wach wurde, war es schon Tag, ein hellgrauer, frischer Tag, und die grüne See ging ruhiger. Beim Frühstück sah er den jungen Kaufmann wieder, der heftig errötete, wahrscheinlich vor Scham, im Dunkeln so poetische und blamable Dinge geäußert zu haben, mit allen fünf Fingern seinen kleinen rötlichen Schnurrbart emporstrich und ihm einen soldatisch scharfen Morgengruß zurief, um ihn dann ängstlich zu meiden.

Und Tonio Kröger landete in Dänemark. Er hielt Ankunft in Kopenhagen, gab Trinkgeld an jeden, der sich die Miene gab, als hätte er Anspruch darauf, durchwanderte von seinem Hotelzimmer aus drei Tage lang die Stadt, indem er sein Reisebüchlein aufgeschlagen vor sich her trug, und benahm sich ganz wie ein besserer Fremder, der seine Kenntnisse zu bereichern wünscht. Er betrachtete des Königs Neumarkt und das „Pferd" in seiner Mitte, blickte achtungsvoll an den Säulen der Frauenkirche empor, stand lange vor Thorwaldsens edlen und lieblichen Bildwerken, stieg auf den Runden Turm, besichtigte Schlösser und verbrachte zwei bunte Abende im Tivoli. Aber es war nicht so recht eigentlich all dies, was er sah.

An den Häusern, die oft ganz das Aussehen der alten Häuser seiner Vaterstadt mit geschwungenen, durchbrochenen Giebeln hatten, sah er Namen, die ihm aus alten Tagen bekannt waren, die ihm etwas Zartes und Köstliches zu bezeichnen schienen, und bei alldem etwas wie Vorwurf, Klage und Sehnsucht nach Verlorenem in sich schlossen. Und allerwegen, indes er in verlangsamten, nachdenklichen Zügen die feuchte Seeluft atmete, sah er Augen, die so blau, Haare, die so blond, Gesichter, die von eben der Art waren, wie er sie in den seltsam wehen und reuigen Träumen der Nacht geschaut, die er in seiner Vaterstadt verbracht hatte. Es konnte geschehen, daß auf offener Straße ein Blick, ein klingendes Wort, ein Auflachen ihn ins Innerste traf ...

Es litt ihn nicht lange in der munteren Stadt. Eine Unruhe, süß und töricht, Erinnerung halb und halb Erwartung, bewegte ihn, zusammen mit dem Verlangen, irgendwo still am Strande liegen zu dürfen und nicht den angelegentlich sich umtuenden Touristen spielen zu müssen. So schiffte er sich aufs neue ein und fuhr an einem trüben Tage (die See ging schwarz) nordwärts die Küste von Seeland entlang gen Helsingör. Von dort setzte er seine Reise unverzüglich zu Wagen auf dem Chausseewege fort, noch drei Viertelstunden lang, immer ein wenig oberhalb des Meeres, bis er an seinem letzten und eigentlichen Ziele hielt, dem kleinen weißen Badehotel mit grünen Fensterläden, das inmitten einer Siedelung niedriger Häuschen stand und mit seinem holzgedeckten Turm auf den Sund und die schwedische Küste hinausblickte. Hier stieg er ab, nahm Besitz von dem hellen Zimmer, das man ihm bereit gehalten, füllte Bord und Spind mit dem, was er mit sich führte, und schickte sich an, hier eine Weile zu leben.

VIII

Schon rückte der September vor: es waren nicht mehr viele Gäste in Aalsgaard. Bei den Mahlzeiten in dem großen, balkengedeckten Eßsaal zu ebener Erde, dessen hohe Fenster auf die Glasveranda und die See hinausführten, führte die Wirtin den Vorsitz, ein bejahrtes Mädchen mit weißem Haar, farblosen Augen, zartrosigen Wangen und einer haltlosen Zwitscherstimme, das immer seine roten Hände auf dem Tafeltuche ein wenig vorteilhaft zu gruppieren trachtete. Ein kurzhalsiger alter Herr mit eisgrauem Schifferbart und dunkelbläulichem Gesicht war da, ein Fischhändler aus der Hauptstadt, der des Deutschen mächtig war. Er schien gänzlich verstopft und zum Schlagfluß geneigt, denn er atmete kurz und stoßweise und hob von Zeit zu Zeit den beringten Zeigefinger zu einem seiner Nasenlöcher empor, um es zuzudrücken und dem anderen durch starkes Blasen ein wenig Luft zu verschaffen. Nichtsdestoweniger sprach er beständig der Aquavitflasche zu, die sowohl beim Frühstück als beim Mittag- und Abendessen vor ihm stand. Dann waren nur noch drei große amerikanische Jünglinge mit ihrem Gouverneur oder Hauslehrer zugegen, der schweigend an seiner Brille rückte und tagüber mit ihnen Fußball spielte. Sie trugen ihr rotgelbes Haar in der Mitte gescheitelt und hatten lange, unbewegte Gesichter. „Please, give me the wurst-things there!" sagte der eine. „Thats not wurst, thats schinken!" sagte der andere, und dies war alles, was sowohl sie als der Hauslehrer zur Unterhaltung beitrugen; denn sonst saßen sie still und tranken heißes Wasser.

Tonio Kröger hätte sich keine andere Art von Tischgesellschaft gewünscht. Er genoß seinen Frieden, horchte auf die dänischen Kehllaute, die hellen und trüben Vokale, in denen der Fischhändler und die Wirtin zuweilen konversierten, wechselte hie und da mit dem ersteren eine schlichte

Bemerkung über den Barometerstand und erhob sich dann, um durch die Veranda wieder an den Strand hinunterzugehen, wo er schon lange Morgenstunden verbracht hatte.

Manchmal war es dort still und sommerlich. Die See ruhte träge und glatt, in blauen, flaschengrünen und rötlichen Streifen, von silbrig glitzernden Lichtreflexen überspielt, der Tang dörrte zu Heu in der Sonne, und die Quallen lagen da und verdunsteten. Es roch ein wenig faulig und ein wenig auch nach dem Teer des Fischerbootes, an welches Tonio Kröger, im Sande sitzend, den Rücken lehnte,—so gewandt, daß er den offenen Horizont und nicht die schwedische Küste vor Augen hatte; aber des Meeres leiser Atem strich rein und frisch über alles hin.

Und graue, stürmische Tage kamen. Die Wellen beugten die Köpfe wie Stiere, die die Hörner zum Stoße einlegen, und rannten wütend gegen den Strand, der hoch hinauf überspielt und mit naßglänzendem Seegras, Muscheln und angeschwemmtem Holzwerk bedeckt war. Zwischen den langgestreckten Wellenhügeln dehnten sich unter dem verhängten Himmel blaßgrün-schaumig die Täler; aber dort, wo hinter den Wolken die Sonne stand, lag auf den Wassern ein weißlicher Sammetglanz.

Tonio Kröger stand in Wind und Brausen eingehüllt, versunken in dies ewige, schwere, betäubende Getöse, das er so sehr liebte. Wandte er sich und ging fort, so schien es plötzlich ganz ruhig und warm um ihn her. Aber im Rücken wußte er sich das Meer; es rief, lockte und grüßte. Und er lächelte.

Er ging landeinwärts, auf Wiesenwegen durch die Einsamkeit, und bald nahm Buchenwald ihn auf, der sich hügelig weit in die Gegend erstreckte. Er setzte sich ins Moos, an einen Baum gelehnt, so, daß er zwischen den Stämmen einen Streifen des Meeres gewahren konnte. Zuweilen trug der Wind das Geräusch der Brandung zu ihm, das klang, wie wenn in der Ferne Bretter aufeinander fallen. Krähengeschrei über den Wipfeln, heiser, öde und verloren... Er hielt ein Buch auf den Knien, aber er las nicht eine Zeile darin. Er genoß ein tiefes Vergessen, ein erlöstes Schweben über Raum und Zeit, und nur zuweilen war es, als würde sein Herz von einem Weh durchzuckt, einem kurzen, stechenden Gefühl von Sehnsucht oder Reue, das nach Namen und Herkunft zu fragen er zu träge und versunken war.

So verging mancher Tag; er hätte nicht zu sagen vermocht, wie viele, und trug kein Verlangen danach, es zu wissen. Dann aber kam einer, an welchem etwas geschah; es geschah, während die Sonne am Himmel stand und Menschen zugegen waren, und Tonio Kröger war nicht einmal so außerordentlich erstaunt darüber.

Gleich dieses Tages Anfang gestaltete sich festlich und entzückend. Tonio Kröger erwachte sehr früh und ganz plötzlich, fuhr mit einem feinen und unbestimmten Erschrecken aus dem Schlafe empor und glaubte, in ein Wunder, einen feenhaften Beleuchtungszauber hineinzublicken. Sein Zimmer, mit Glastür und Balkon nach dem Sunde hinaus gelegen und durch einen dünnen, weißen Gazevorhang in Wohn- und Schlafraum geteilt, war zartfarbig tapeziert und mit leichten, hellen Möbeln versehen, so daß es stets einen lichten und freundlichen Anblick bot. Nun aber sahen seine schlaftrunkenen Augen es in einer unirdischen Verklärung und Illumination vor sich liegen, über und über getaucht in einen unsäglich holden und duftigen Rosenschein, der Wände und Möbel vergoldete und den Gazevorhang in ein mildes, rotes Glühen versetzte... Tonio Kröger begriff lange nicht, was sich ereignete. Als er aber vor der Glastür stand und hinausblickte, sah er, daß es die Sonne war, die aufging.

Mehrere Tage lang war es trüb und regnicht gewesen; jetzt aber spannte sich der Himmel wie aus straffer, blaßblauer Seide schimmernd klar über See und Land, und durchquert und umgeben von rot und golden durchleuchteten Wolken, erhob sich feierlich die Sonnenscheibe über das flimmernd gekrauste Meer, das unter ihr zu erschauern und zu erglühen schien... So hub der Tag an, und verwirrt und glücklich warf Tonio Kröger sich in die Kleider, frühstückte vor allen anderen drunten in der Veranda, schwamm hierauf von dem kleinen hölzernen Badehäuschen aus eine Strecke in den Sund hinaus und tat dann einen stundenlangen Gang am Strande hin. Als er zurückkehrte, hielten mehrere omnibusartige Wagen vorm Hotel, und vom Eßsaal aus gewahrte er, daß sowohl in dem anstoßenden Gesellschaftszimmer, dort, wo das Klavier stand, als auch in der Veranda und auf der Terrasse, die davor lag, Menschen in großer Anzahl, kleinbürgerlich gekleidete Herrschaften, an runden Tischen saßen und unter angeregten Gesprächen Bier mit Butterbrot genossen. Es waren ganze Familien, ältere und junge Leute, ja sogar ein paar Kinder.

Beim zweiten Frühstück (der Tisch trug schwer an kalter Küche, Geräuchertem, Gesalzenem und Gebackenem erkundigte sich Tonio Kröger, was vor sich gehe.

„Gäste!" sagte der Fischhändler. „Ausflügler und Ballgäste aus Helsingör! Ja, Gott soll uns bewahren, wir werden nicht schlafen können, diese Nacht! Es wird Tanz geben, Tanz und Musik, und man muß fürchten, daß das lange dauert. Es ist eine Familienvereinigung, eine Landpartie nebst Reunion, kurzum eine Subskription oder dergleichen, und sie genießen den schönen Tag. Sie sind zu Boot und zu Wagen gekommen und jetzt frühstücken sie. Später fahren sie noch weiter über Land, aber abends kommen sie wieder, und dann ist Tanzbelustigung hier im Saale. Ja, verdammt und verflucht, wir werden kein Auge zutun..."

„Das ist eine hübsche Abwechslung," sagte Tonio Kröger.

Hierauf wurde längere Zeit nichts mehr gesprochen. Die

Wirtin ordnete ihre roten Finger, der Fischhändler blies durch das rechte Nasenloch, um sich ein wenig Luft zu verschaffen, und die Amerikaner tranken heißes Wasser und machten lange Gesichter dazu.

Da geschah dies auf einmal: H a n s H a n s e n u n d I n g e b o r g H o l m g i n g e n d u r c h d e n S a a l.—

Tonio Kröger lehnte, in einer wohligen Ermüdung nach dem Bade und seinem hurtigen Gang, im Stuhl und aß geräucherten Lachs auf Röstbrot;—er saß der Veranda und dem Meere zugewandt. Und plötzlich öffnete sich die Tür, und Hand in Hand kamen die beiden herein,—schlendernd und ohne Eile. Ingeborg, die blonde Inge, war hell gekleidet, wie sie in der Tanzstunde bei Herrn Knaak zu sein pflegte. Das leichte, geblümte Kleid reichte ihr nur bis zu den Knöcheln, und um die Schultern trug sie einen breiten, weißen Tüllbesatz mit spitzem Ausschnitt, der ihren weichen, geschmeidigen Hals freiließ. Der Hut hing ihr an seinen zusammengeknüpften Bändern über dem einen Arm. Sie war vielleicht ein klein wenig erwachsener als sonst und trug ihren wunderbaren Zopf nun um den Kopf gelegt; aber Hans Hansen war ganz wie immer. Er hatte seine Seemanns-Überjacke mit den goldenen Knöpfen an, über welcher auf Schultern und Rücken der breite, blaue Kragen lag; die Matrosenmütze mit den kurzen Bändern hielt er in der hinabhängenden Hand und schlenkerte sie sorglos hin und her. Ingeborg hielt ihre schmal geschnittenen Augen abgewandt, vielleicht ein wenig geniert durch die speisenden Leute, die auf sie schauten. Allein Hans Hansen wandte nun gerade und aller Welt zum Trotz den Kopf nach der Frühstückstafel und musterte mit seinen stahlblauen Augen Einen nach dem Anderen herausfordernd und gewissermaßen verächtlich; er ließ sogar Ingeborgs Hand fahren und schwenkte seine Mütze noch heftiger hin und her, um zu zeigen, was für ein Mann er sei. So gingen die beiden, mit dem still blauenden Meere als Hintergrund, vor Tonio

Krögers Augen vorüber, durchmaßen den Saal seiner Länge nach und verschwanden durch die entgegengesetzte Tür im Klavierzimmer.

Dies begab sich um halb zwölf Uhr vormittags, und noch während die Kurgäste beim Frühstück saßen, brach nebenan und in der Veranda die Gesellschaft auf und verließ, ohne daß noch jemand den Eßsaal betreten hätte, durch den Seitenzugang, der vorhanden war, das Hotel. Man hörte, wie draußen unter Scherzen und Gelächter die Wagen bestiegen wurden, wie ein Gefährt nach dem anderen auf der Landstraße sich knirschend in Bewegung setzte und davonrollte . . .

„Sie kommen also wieder?" fragte Tonio Kröger . . .

„Das tun sie!" sagte der Fischhändler. „Und Gott sei's geklagt. Sie haben Musik bestellt, müssen Sie wissen, und ich schlafe hier überm Saale."

„Das ist eine hübsche Abwechslung," wiederholte Tonio Kröger. Dann stand er auf und ging fort.

Er verbrachte den Tag, wie er die anderen verbracht hatte, am Strande, im Walde, hielt ein Buch auf den Knien und blinzelte in die Sonne. Er bewegte nur einen Gedanken: diesen, daß sie wiederkehren und im Saale Tanzbelustigung abhalten würden, wie es der Fischhändler versprochen hatte; und er tat nichts, als sich hierauf freuen, mit einer so ängstlichen und süßen Freude, wie er sie lange, tote Jahre hindurch nicht mehr erprobt hatte. Einmal, durch irgend eine Verknüpfung von Vorstellungen, erinnerte er sich flüchtig eines fernen Bekannten, Adalberts, des Novellisten, der wußte, was er wollte, und sich ins Kaffeehaus begeben hatte, um der Frühlingsluft zu entgehen. Und er zuckte die Achseln über ihn . . .

Es wurde früher als gewöhnlich zu Mittag gegessen, und das Abendbrot nahm man ebenfalls zeitiger als sonst, im Klavierzimmer, weil im Saale schon Vorbereitungen zum Balle getroffen wurden: auf so festliche Art war alles in

Unordung gebracht. Dann, als es schon dunkel war und Tonio Kröger in seinem Zimmer saß, ward es wieder lebendig auf der Landstraße und im Hause. Die Ausflügler kehrten zurück; ja, aus der Richtung von Helsingör trafen zu Rad und zu Wagen noch neue Gäste ein, und bereits hörte man drunten im Hause eine Geige stimmen und eine Klarinette näselnde Übungsläufe vollführen . . . Alles versprach, daß es ein glänzendes Ballfest geben werde.

Nun setzte das kleine Orchester mit einem Marsche ein: gedämpft und taktfest scholl es herauf: man eröffnete den Tanz mit einer Polonaise. Tonio Kröger saß noch eine Weile still und lauschte. Als er aber vernahm, wie das Marschtempo in Walzertakt überging, machte er sich auf und schlich geräuschlos aus seinem Zimmer.

Von dem Korridor, an dem es gelegen war, konnte man über eine Nebentreppe zu dem Seiteneingang des Hotels und von dort, ohne ein Zimmer zu berühren, in die Glasveranda gelangen. Diesen Weg nahm er, leise und verstohlen, als befinde er sich auf verbotenen Pfaden, tastete sich behutsam durch das Dunkel, unwiderstehlich angezogen von dieser dummen und selig wiegenden Musik, deren Klänge schon klar und ungedämpft zu ihm drangen.

Die Veranda war leer und unerleuchtet, aber die Glastür zum Saale, wo die beiden großen, mit blanken Reflektoren versehenen Petroleumlampen hell erstrahlten, stand geöffnet. Dorthin schlich er sich auf leisen Sohlen, und der diebische Genuß, hier im Dunkeln stehen und ungesehen Die belauschen zu dürfen, die im Lichte tanzten, verursachte ein Prickeln in seiner Haut. Hastig und begierig sandte er seine Blicke nach den beiden aus, die er suchte . . .

Die Fröhlichkeit des Festes schien schon ganz frei entfaltet, obgleich es kaum seit einer halben Stunde eröffnet war; aber man war ja bereits warm und angeregt hiehergekommen, nachdem man den ganzen Tag miteinander verbracht, sorglos, gemeinsam und glücklich. Im Klavierzimmer, das Tonio Kröger überblicken konnte, wenn er sich ein wenig weiter vorwagte, hatten sich mehrere ältere Herren rauchend und trinkend beim Kartenspiel vereinigt; aber andere saßen bei ihren Gattinnen im Vordergrunde auf den Plüschstühlen und an den Wänden des Saales und sahen dem Tanze zu. Sie hielten die Hände auf die gespreizten Knie gestützt und bliesen mit einem wohlhabenden Ausdruck die Wangen auf, indes die Mütter, Kapotthütchen auf den Scheiteln, die Hände unter der Brust zusammenlegten und mit seitwärts geneigten Köpfen in das Getümmel der jungen Leute schauten. Ein Podium war an der einen Längswand des Saales errichtet worden, und dort taten die Musikanten ihr Bestes. Sogar eine Trompete war da, welche mit einer gewissen zögernden Behutsamkeit blies, als fürchtete sie sich vor ihrer eigenen Stimme, die sich dennoch beständig brach und überschlug... Wogend und kreisend bewegten sich die Paare umeinander, indes andere Arm in Arm den Saal umwandelten. Man war nicht ballmäßig gekleidet, sondern nur wie an einem Sommersonntag, den man im Freien verbringt: die Kavaliere in kleinstädtisch geschnittenen Anzügen, denen man ansah, daß sie die ganze Woche geschont wurden, und die jungen Mädchen in lichten und leichten Kleidern mit Feldblumensträußchen an den Miedern. Auch ein paar Kinder waren im Saale und tanzten untereinander auf ihre Art, sogar wenn die Musik pausierte. Ein langbeiniger Mensch in schwalbenschwanzförmigem Röckchen, ein Provinzlöwe mit Augenglas und gebranntem Haupthaar, Postadjunkt oder dergleichen und wie die fleischgewordene komische Figur aus einem dänischen Roman, schien Festordner und Kommandeur des Balles zu sein. Eilfertig, transpirierend und mit ganzer Seele bei der Sache, war er überall zugleich, schwänzelte übergeschäftig durch den Saal, indem er kunstvoll mit den Zehenspitzen zuerst auftrat und die Füße, die in glatten und spitzen Militärstie-

66

feletten steckten, auf eine verzwickte Art kreuzweis übereinander setzte, schwang die Arme in der Luft, traf Anordnungen, rief nach Musik, klatschte in die Hände, und bei all dem flogen die Bänder der großen, bunten Schleife, die als Zeichen seiner Würde auf seiner Schulter befestigt war und nach der er manchmal liebevoll den Kopf drehte, flatternd hinter ihm drein.

Ja, sie waren da, die beiden, die heute im Sonnenlicht an Tonio Kröger vorübergezogen waren, er sah sie wieder und erschrak vor Freude, als er sie fast gleichzeitig gewahrte. Hier stand Hans Hansen, ganz nahe bei ihm, dicht an der Tür; breitbeinig und ein wenig vorgebeugt, verzehrte er bedächtig ein großes Stück Sandtorte, wobei er die hohle Hand unters Kinn hielt, um die Krümel aufzufangen. Und dort an der Wand saß Ingeborg Holm, die blonde Inge, und eben schwänzelte der Adjunkt auf sie zu, um sie durch eine ausgesuchte Verbeugung zum Tanze aufzufordern, wobei er die eine Hand auf den Rücken legte und die andere graziös in den Busen schob; aber sie schüttelte den Kopf und deutete an, daß sie zu atemlos sei und ein wenig ruhen müsse, worauf der Adjunkt sich neben sie setzte.

Tonio Kröger sah sie an, die beiden, um die er vor Zeiten Liebe gelitten hatte,—Hans und Ingeborg. Sie waren es nicht so sehr vermöge einzelner Merkmale und der Ähnlichkeit der Kleidung, als kraft der Gleichheit der Rasse und des Typus, dieser lichten, stahlblauäugigen und blondhaarigen Art, die eine Vorstellung von Reinheit, Ungetrübtheit, Heiterkeit und einer zugleich stolzen und schlichten, unberührbaren Sprödigkeit hervorrief ... Er sah sie an, sah, wie Hans Hansen so keck und wohlgestaltet wie nur jemals, breit in den Schultern und schmal in den Hüften, in seinem Matrosenanzug dastand, sah, wie Ingeborg auf eine gewisse übermütige Art lachend den Kopf zur Seite warf, auf eine gewisse Art ihre Hand, eine gar nicht besonders schmale, gar nicht besonders feine Klein-Mädchenhand, zum Hinterkopfe führte, wobei der leichte Ärmel von ihrem Ellenbogen zurückglitt,—und plötzlich erschütterte das Heimweh seine Brust mit einem solchen Schmerz, daß er unwillkürlich weiter ins Dunkel zurückwich, damit niemand das Zucken seines Gesichtes sähe.

Hatte ich euch vergessen? fragte er. Nein, niemals! Nicht dich, Hans, noch dich, blonde Inge! Ihr wart es ja, für die ich arbeitete, und wenn ich Applaus vernahm, blickte ich heimlich um mich, ob ihr daran teilhättet ... Hast du nun den Don Carlos gelesen, Hans Hansen, wie du es mir an eurer Gartenpforte verspracht? Tu's nicht! ich verlange es nicht mehr von dir. Was geht dich der König an, der weint, weil er einsam ist? Du sollst deine hellen Augen nicht trüb und traumblöde machen vom Starren in Verse und Melancholie ... Zu sein wie du! Noch einmal anfangen, aufwachsen gleich dir, rechtschaffen, fröhlich und schlicht, regelrecht, ordnungsgemäß und im Einverständnis mit Gott und der Welt, geliebt werden von den Harmlosen und Glücklichen, dich zun Weibe nehmen, Ingeborg Holm, und einen Sohn haben wie du, Hans Hansen,—frei vom Fluch der Erkenntnis und der schöpferischen Qual leben, lieben und loben in seliger Gewöhnlichkeit! ... Noch einmal anfangen? Aber es hülfe nichts. Es würde wieder so werden,—alles würde wieder so kommen, wie es gekommen ist. Denn Etliche gehen mit Notwendigkeit in die Irre, weil es einen rechten Weg für sie überhaupt nicht gibt.

Nun schwieg die Musik; es war Pause, und Erfrischungen wurden gereicht. Der Adjunkt eilte persönlich mit einem Teebrett voll Heringssalat umher und bediente die Damen: aber vor Ingeborg Holm ließ er sich sogar auf ein Knie nieder, als er ihr das Schälchen reichte, und sie errötete vor Freude darüber.

Man begann jetzt dennoch im Saale auf den Zuschauer unter der Glastür aufmerksam zu werden, und aus hübschen, erhitzten Gesichtern trafen ihn fremde und forschende Blicke; aber er behauptete trotzdem seinen Platz. Auch Ingeborg und Hans streiften ihn beinahe gleichzeitig mit den Augen, mit jener vollkommenen Gleichgültigkeit, die fast das Ansehen der Verachtung hat. Plötzlich jedoch ward er sich bewußt, daß von irgendwoher ein Blick zu ihm drang und auf ihm ruhte... Er wandte den Kopf, und sofort trafen seine Augen mit denen zusammen, deren Berührung er empfunden hatte. Ein Mädchen stand nicht weit von ihm, mit blassem, schmalem und feinem Gesicht, das er schon früher bemerkt hatte. Sie hatte nicht viel getanzt, die Kavaliere hatten sich nicht sonderlich um sie bemüht, und er hatte sie einsam mit herb geschlossenen Lippen an der Wand sitzen sehen. Auch jetzt stand sie allein. Sie war hell und duftig gekleidet, wie die anderen, aber unter dem durchsichtigen Stoff ihres Kleides schimmerten ihre bloßen Schultern spitz und dürftig, und der magere Hals stak so tief zwischen diesen armseligen Schultern, daß das stille Mädchen fast ein wenig verwachsen erschien. Ihre Hände, mit dünnen Halbhandschuhen bekleidet, hielt sie so vor der flachen Brust, daß die Fingerspitzen sich sacht berührten. Gesenkten Kopfes blickte sie Tonio Kröger von unten herauf mit schwarzen, schwimmenden Augen an. Er wandte sich ab...

Hier, ganz nahe bei ihm, saßen Hans und Ingeborg. Er hatte sich zu ihr gesetzt, die vielleicht seine Schwester war, und umgeben von anderen rotwangigen Menschenkindern aßen und tranken sie, schwatzten und vergnügten sich, riefen sich mit klingenden Stimmen Neckereien zu und lachten hell in die Luft. Konnte er sich ihnen nicht ein wenig nähern? Nicht an ihn oder sie ein Scherzwort richten, das ihm einfiel und das sie ihm wenigstens mit einem Lächeln beantworten mußten? Es würde ihn beglücken, er sehnte sich danach; er würde dann zufriedener in sein Zimmer zurückkehren, mit dem Bewußtsein, eine kleine Gemeinschaft mit den beiden hergestellt zu haben. Er dachte sich aus, was er sagen könnte; aber er fand nicht den Mut, es zu sagen. Auch war es ja wie immer: sie würden ihn nicht verstehen, würden befremdet auf das horchen, was er zu sagen vermöchte. Denn ihre Sprache war nicht seine Sprache.

Nun schien der Tanz aufs neue beginnen zu sollen. Der Adjunkt entfaltete eine umfassende Tätigkeit. Er eilte umher und forderte alle Welt zum Engagieren auf, räumte mit Hilfe des Kellners Stühle und Gläser aus dem Wege, erteilte den Musikern Befehle und schob einzelne Täppische, die nicht wußten wohin, an den Schultern vor sich her. Was hatte man vor? Je vier und vier Paare bildeten Karrees ... Eine schreckliche Erinnerung machte Tonio Kröger erröten. Man tanzte Quadrille.

Die Musik setzte ein, und die Paare schritten unter Verbeugungen durcheinander. Der Adjunkt kommandierte; er kommandierte, bei Gott, auf Französisch und brachte die Nasallaute auf unvergleichlich distingierte Art hervor. Ingeborg Holm tanzte dicht vor Tonio Kröger, in dem Karree, das sich unmittelbar an der Glastür befand. Sie bewegte sich vor ihm hin und her, vorwärts und rückwärts, schreitend und drehend; ein Duft, der von ihrem Haar oder dem zarten Stoff ihres Kleides ausging, berührte ihn manchmal, und er schloß die Augen in einem Gefühl, das ihm von je so wohl bekannt gewesen, dessen Arom und herben Reiz er in all diesen letzten Tagen leise verspürt hatte und das ihn nun wieder ganz mit seiner süßen Drangsal erfüllte. Was war es doch? Sehnsucht, Zärtlichkeit? Neid? Selbstverachtung? ... Moulinet des dames! Lachtest du, blonde Inge, lachtest du mich aus, als ich moulinet tanzte und mich so jämmerlich blamierte? Und würdest du auch heute noch lachen, nun da ich doch so etwas wie ein berühmter Mann geworden bin? Ja, das würdest du und würdest dreimal recht daran tun! Und wenn ich, ich ganz allein, die neun Symphonien, die Welt als Wille und Vorstellung und das Jüngste Gericht vollbracht hätte,—du würdest ewig recht haben, zu lachen... Er sah sie an, und eine Verszeile fiel ihm ein, deren er sich lange nicht erinnert hatte und die ihm doch so vertraut und verwandt war: „Ich möchte schlafen, aber du mußt tanzen." Er kannte sie so gut, die melancholischnordische, innig-ungeschickte Schwerfälligkeit der Empfindung, die daraus sprach. Schlafen... Sich danach sehnen, einfach und völlig dem Gefühle leben zu dürfen, das ohne die Verpflichtung, zur Tat und zum Tanz zu werden, süß und träge in sich selber ruht,—und dennoch tanzen, behend und geistesgegenwärtig den schweren, schweren und gefährlichen Messertanz der Kunst vollführen zu müssen, ohne je ganz des demütigenden Widersinnes zu vergessen, der darin lag, tanzen zu müssen, indes man liebte...

Auf einmal geriet das Ganze in eine tolle und ausgelassene Bewegung. Die Karrees hatten sich aufgelöst, und springend und gleitend stob alles umher: man beschloß die Quadrille mit einem Galopp. Die Paare flogen zum rasenden Eiltakt der Musik an Tonio Kröger vorüber, schassierend, hastend, einander überholend, mit kurzem, atemlosem Gelächter. Eines kam daher, mitgerissen von der allgemeinen Jagd, kreisend und vorwärts sausend. Das Mädchen hatte ein blasses feines Gesicht und magere, zu hohe Schultern. Und plötzlich, dicht vor ihm, entstand ein Stolpern, Rutschen und Stürzen... Das blasse Mädchen fiel hin. Sie fiel so hart und heftig, daß es fast gefährlich aussah, und mit ihr der Kavalier. Dieser mußte sich so gröblich weh getan haben, daß er seiner Tänzerin ganz vergaß, denn, nur halbwegs aufgerichtet, begann er unter Grimassen seine Knie mit den Händen zu reiben; und das Mädchen, scheinbar ganz betäubt vom Falle, lag noch immer am Boden. Da trat Tonio Kröger vor, faßte sie sacht an den Armen und hoh sie auf. Abgehetzt, verwirrt und unglücklich sah sie zu ihm empor, und plötzlich färbte ihr zartes Gesicht sich mit einer matten Röte.

„Tak! O, mange Tak!" sagte sie und sah ihn von unten herauf mit dunklen, schwimmenden Augen an.

„Sie sollten nicht mehr tanzen, Fräulein," sagte er sanft. Dann blickte er sich noch einmal nach i h n e n um, nach Hans und Ingeborg, und ging fort, verließ die Veranda und den Ball und ging in sein Zimmer hinauf.

Er war berauscht von dem Feste, an dem er nicht teil gehabt, und müde von Eifersucht. Wie früher, ganz wie früher war es gewesen! Mit erhitztem Gesicht hatte er an dunkler Stelle gestanden, in Schmerzen um euch, ihr Blonden, Lebendigen, Glücklichen, und war dann einsam hinweggegangen. Jemand müßte nun kommen! Ingeborg müßte nun kommen, müßte bemerken, daß er fort war, müßte ihm heimlich folgen, ihm die Hand auf die Schulter legen und sagen: Komm herein zu uns! Sei froh! Ich liebe dich!... Aber sie kam keineswegs. Dergleichen geschah nicht. Ja, wie damals war es, und er war glücklich wie damals. Denn sein Herz lebte. Was aber war gewesen während all der Zeit, in der er das geworden, was er nun war?—Erstarrung; Öde; Eis; und Geist! Und Kunst!...

Er entkleidete sich, legte sich zur Ruhe, löschte das Licht. Er flüsterte zwei Namen in das Kissen hinein, diese paar keuschen, nordischen Silben, die ihm seine eigentliche und ursprüngliche Liebes-, Leides- und Glücksart, das Leben, das simple und innige Gefühl, die Heimat bezeichneten. Er blickte zurück auf die Jahre seit damals bis auf diesen Tag. Er gedachte der wüsten Abenteuer der Sinne, der Nerven und des Gedankens, die er durchlebt, sah sich zerfressen von Ironie und Geist, verödet und gelähmt von Erkenntnis, halb aufgerieben von den Fiebern und Frösten des Schaffens, haltlos und unter Gewissensnöten zwischen krassen Extremen, zwischen Heiligkeit und Brunst hin- und hergeworfen, raffiniert, verarmt, erschöpft von kalten und künstlich erlesenen Exaltationen, verirrt, verwüstet, zermartert, krank—und schluchzte vor Reue und Heimweh.

Um ihn war es still und dunkel. Aber von unten tönte gedämpft und wiegend des Lebens süßer, trivialer Dreitakt zu ihm herauf.

IX

Tonio Kröger saß im Norden und schrieb an Lisaweta Iwanowna, seine Freundin, wie er es ihr versprochen hatte.

Liebe Lisaweta dort unten in Arkadien, wohin ich bald zurückkehren werde, schrieb er. Hier ist nun also so etwas wie ein Brief, aber er wird Sie wohl enttäuschen, denn ich denke, ihn ein wenig allgemein zu halten. Nicht, daß ich so gar nichts zu erzählen, auf meine Weise nicht dies und das erlebt hätte. Zu Hause, in meiner Vaterstadt, wollte man mich sogar verhaften ... aber davon sollen Sie mündlich hören. Ich habe jetzt manchmal Tage, an denen ich es vorziehe, auf gute Art etwas allgemeines zu sagen, anstatt Geschichten zu erzählen.

Wissen Sie wohl noch, Lisaweta, daß Sie mich einmal einen Bürger, einen verirrten Bürger nannten? Sie nannten mich so in einer Stunde, da ich Ihnen, verführt durch andere Geständnisse, die ich mir vorher hatte entschlüpfen lassen, meine Liebe zu dem gestand, was ich das Leben nenne; und ich frage mich, ob Sie wohl wußten, wie sehr Sie damit die Wahrheit trafen, wie sehr mein Bürgertum und meine Liebe zum „Leben" eins und dasselbe sind. Diese Reise hat mir Veranlassung gegeben, darüber nachzudenken ...

Mein Vater, wissen Sie, war ein nordisches Temperament: betrachtsam, gründlich, korrekt aus Puritanismus und zur Wehmut geneigt; meine Mutter von unbestimmt exotischem Blut, schön, sinnlich, naiv, zugleich fahrlässig und leidenschaftlich und von einer impulsiven Liederlichkeit. Ganz ohne Zweifel war dies eine Mischung, die außerordentliche Möglichkeiten—und außerordentliche Gefahren in sich schloß. Was herauskam, war dies: ein Bürger, der sich in die Kunst verirrte, ein Bohemien mit Heimweh nach der guten Kinderstube, ein Künstler mit schlechtem Gewissen. Denn mein bürgerliches Gewissen ist es ja, was mich in allem Künstlertum, aller Außerordentlichkeit und allem Genie etwas tief Zweideutiges, tief Anrüchiges, tief Zweifelhaftes erblicken läßt, was mich mit dieser verliebten Schwäche für das Simple, Treuherzige und Angenehm-Normale, das Ungeniale und Anständige erfüllt.

Ich stehe zwischen zwei Welten, bin in keiner daheim und habe es infolge dessen ein wenig schwer. Ihr Künstler nennt mich einen Bürger, und die Bürger sind versucht, mich zu verhaften ... ich weiß nicht, was von beidem mich bitterer kränkt. Die Bürger sind dumm: ihr Anbeter der Schönheit aber, die ihr mich phlegmatisch und ohne Sehnsucht heißt, solltet bedenken, daß es ein Künstlertum gibt, so tief, so von Anbeginn und Schicksals wegen, daß keine Sehnsucht ihm süßer und empfindenswerter erscheint als die nach den Wonnen der Gewöhnlichkeit.

Ich bewundere die Stolzen und Kalten, die auf den Pfaden der großen, der dämonischen Schönheit abenteuern und den „Menschen" verachten,—aber ich beneide sie nicht. Denn wenn irgend etwas imstande ist, aus einem Literaten einen Dichter zu machen, so ist es diese meine Bürgerliebe zum Menschlichen, Lebendigen und Gewöhnlichen. Alle Wärme, alle Güte, aller Humor kommt aus ihr, und fast will mir scheinen, als sei sie jene Liebe selbst, von der geschrieben steht, daß Einer mit Menschen- und Engelszungen reden könnte und ohne sie doch nur ein tönendes Erz und eine klingende Schelle sei.

Was ich getan habe, ist nichts, nicht viel, so gut wie nichts. Ich werde Besseres machen, Lisaweta,—dies ist ein Versprechen. Während ich schreibe, rauscht das Meer zu mir herauf, und ich schließe die Augen. Ich schaue in eine ungeborene und schemenhafte Welt hinein, die geordnet und gebildet sein will, ich sehe in ein Gewimmel von Schatten menschlicher Gestalten, die mir winken, daß ich sie banne und erlöse: tragische und lächerliche und solche, die beides zugleich sind,—und diesen bin ich sehr zugetan. Aber meine tiefste und verstohlenste Liebe gehört den Blonden und Blauäugigen, den hellen Lebendigen, den Glücklichen, Liebenswürdigen und Gewöhnlichen.

Schelten Sie diese Liebe nicht, Lisaweta; sie ist gut und fruchtbar. Sehnsucht ist darin und schwermütiger Neid und ein klein wenig Verachtung und eine ganze keusche Seligkeit.

NOTES

(The figures refer to the page)

To Frontispiece. "We ... grew up in a spacious and dignified house, built by my father for him and his; though we rejoiced in a second home in the old family dwelling beside St. Mary's, where my parental grandmother lived alone, and which today is shown to the curious as 'the Buddenbrook house'" (*A Sketch of my Life*, p. 7). In the novel *Buddenbrooks* (Pt. I, Chapter IV) we are told that the family dwelling was built in 1682 and cost 100,000 *Kurantmark* when "die Firma Buddenbrook" bought it in 1835. This is the family house of Tonio Kröger, as is clear from the almost identical descriptions of the interior (see below note to pp. 45f.). But the form of the short story requires concentration, and here the essence of memory has been distilled; the associations which in the more directly autobiographical novel were spread over both houses are now woven into the one (see notes to pp. 4 and 45f.). *The Times Literary Supplement* for May 8, 1942 reports: "Swedish newspapers have announced that among buildings destroyed in the British raid on Lübeck is the famous rococo house in the Mengstraße round which Thomas Mann wrote his novel 'Buddenbrooks'. The Nazis always hated to hear visitors asking for the *Buddenbrookhaus*, and a few years ago they rechristened it the *Wullenweberhaus*, after an upstart autocrat of a burgomaster who lived two centuries before it was built. Thomas Mann has taken the probable loss of his ancestral home philosophically. 'I remember Coventry,' he said in a B.B.C. broadcast to Germany, 'and realize that everything must be paid back.... The old house, which is now believed to lie in ruins, was a symbol of tradition for me; but such ruins do not shock those who live not only in sympathy with the past but also in hope for the future.... Hitler's Germany has neither past nor future...'" The 'Buddenbrook house' has now been reconstructed.

2. erst um vier Uhr. Between three and five was the common hour for the midday meal of the upper middle classes in both England and Germany up to the turn of the last century and is still the normal time for the main meal of the day in Scandinavian countries. Four o'clock is also the hour mentioned for dinner in *Buddenbrooks*.

4. Der Springbrunnen, der alte Walnußbaum. These early recollections recur in musical variation in many of the early works. Both fountain and walnut tree figure in *Buddenbrooks* (VII, 6) but there they are in the garden of the new house which Senator Thomas Buddenbrook built for himself (VII, 5). A further description in *Buddenbrooks* of the "Springbrunnen inmitten des Kranzes von hohen, lilafarbenen Schwertlilien" (X, 5) is then repeated in the story *Tristan*. There in the garden of the "grauen Giebelhause, einem alten Kaufmannshause mit hallender Diele und weiß lackierter Galerie" was a "Springbrunnen, mit einem dichten Kranz von Schwertlilien umgeben". Whilst the house in *Tonio Kröger* is the old family mansion in the Mengstraße, the garden to it is transferred from the new house in the Fischergrube.

8. **Don Carlos.** "Die Stelle wo der König geweint hat" is in Act IV, Sc. 23. The play was a favourite of Thomas Mann's youth and he still refers to it as a "genuine masterpiece" in the short story about Schiller, *Schwere Stunde*. As a child he himself wrote an anti-clerical drama *Die Priester* in which he fulminated against the Inquisition (Cf. Eloesser, p. 38).

9. **die Eins im Exerzitium.** In German schools marks are given in reversed order, the highest being *one*.

13. **J'ai l'honneur de me vous représenter.** The faulty French is doubtless meant to characterize the pseudo-French ballet master, François Knaak.

16. **Ich möchte schlafen; aber du mußt tanzen.** The refrain of Theodor Storm's poem *Hyazinthen*, the first verse of which runs as follows:

> Fern hallt Musik; doch hier ist stille Nacht,
> Mit Schlummerduft anhauchen mich die Pflanzen;
> Ich habe immer, immer dein gedacht;
> Ich möchte schlafen, aber du mußt tanzen.

In his essay on Storm Thomas Mann speaks of the "vornehmen Zärtlichkeit, der cellomäßig gezogenen Fülle von Empfindung, Schwermut, Liebesmüdigkeit, dem unendlich gefühlssymbolischen Refrain" (*Leiden und Größe der Meister*, p. 188).

17. **Das Folgmädchen,** 'parlour-maid', 'waitress'. *Folgmädchen* occurs frequently in *Buddenbrooks* and is still used in Lübeck for the usual North German *Hausmädchen* or the South German *Stubenmädchen*.

17. **Immensee.** The well-known *Novelle* by Storm runs on a similar theme of hopeless love. In *Betrachtungen eines Unpolitischen* Mann says that *Tonio Kröger* is an "ins Modern-Problematische fortgewandelter Immensee".

24. **Lisaweta Iwanowna.** The usual form of address in Russian, i.e. Elizabeth, daughter of John.

24. **Schellingstraße.** This street, close to the University and the *Akademie der bildenden Künste*, is, with the neighbouring suburb of Schwabing, a district much favoured by artists. As a young man, Thomas Mann had bachelor quarters in the Marktstraße in Schwabing (*A Sketch of my Life*, p. 16).

25. **einen Anzug von ... reserviertem Schnitt,** 'of a quiet cut'.

25. **durcharbeiteten.** 'furrowed with work'. Cf. Goethe : "nach grossem ruhmvoll durcharbeiteten Leben." The inseparable prefix makes the meaning more figurative and less concrete.

28. **Batuschka,** i.e. *Väterchen*, as on p. 39. A common Russian form of address, implying affection but no relationship.

29. **Papyros,** Russian for 'cigarettes'.

31. **Tristan und Isolde.** In *Tristan*, the *Novelle* written a year before *Tonio Kröger*, Thomas Mann gave his interpretation of this "morbides und tief zweideutiges Werk" and showed its effect on the consumptive, highly-strung Gabriele, the last of a "Geschlecht" of solid burghers which, like the Buddenbrooks, "sich gegen das Ende seiner Tage noch einmal durch die Kunst verklärt". The organist Pfühl in *Buddenbrooks* (VIII, 6) says of this work of Wagner's: "Dies ist das Chaos ... Dies ist das Ende aller Moral in der Kunst."

32. **Die Antwort des Horatio.** *Hamlet*, Act V, Sc. i: " 'Twere to consider too curiously, to consider so."

33. **Alles verstehen hieße alles verzeihen,** *Tout comprendre c'est tout pardonner.* Büchmann, *Geflügelte Worte*, refers to Madame de Staël's *Corinne* for the source of this saying.

35. **Er ist mir nichts, dieser Cesare Borgia.** To the artist, Cesare Borgia, a criminal in the grand style, might well be an object of aesthetic appreciation, as Richard III was to Shakespeare. But here the *Bürger* in Tonio is in the ascendant and, adopting the ethical standpoint, he condemns. The Cesare Borgia aesthetics developed by followers of Nietzsche who chose to dwell upon the "immoralist" aspect of "that great moralist" (*A Sketch of my Life*, p. 22), had called forth towards the end of the century a spate of poems and plays on the theme of the Borgias, notably both a poem and a *Novelle* by Conrad Ferdinand Meyer.

39. **diese tiefen ... Bücher.** In his essay on Lübeck Mann acknowledges his debt to Jonas Lie (1833–1908) and Alexander Kielland (1849–1906), and in *A Sketch of my Life* he says that he had Kielland in mind when he first planned *Buddenbrooks*. It was to the success with which he reproduced the Scandinavian atmosphere in that novel, so at least he was told, that he owed the award of the Nobel prize. "I have to smile," he continues, "as I remember how consciously I laboured to bring out the atmospheric similarity of

my own and the Scandinavian scene in order to approximate my work to that of my literary ideals." Lie and Kielland both wrote novels of everyday life imbued with a strong sense of realism and human psychology, the latter in particular writing with a decided vein of irony and showing great perfection of form. Kielland's *German and Worse* (1880) and S*kipper Worse* (1882) have long been classics in Norway and Denmark. Amongst other "tiefen, reinen und humoristischen Büchern" he also had in mind Jacobsen's *Niels Lyhne*, which, as he tells us, "er als Student vergötterte," and Herman Bang's *Haabløse Slaegter*.

41. **über die Brücke.** The Lübeck background of the story is so vividly conceived that Tonio's movements during his short stay in his native town can be traced on any plan of the city. His way leads him from the station to his hotel, the first in the town, i.e. the *Stadt Hamburg* on the *Klingenberg*, from the windows of which he would have a view of the *Petrikirche*. Herr Grünlich in *Buddenbrooks* (III,1) put up at the same hotel: "Ich bewohne ein paar Zimmer im Gasthause Stadt Hamburg." The next morning Tonio goes to the *Marktplatz*, where Inge's house was situated, but, instead of proceeding direct to his old house, retraces his steps along the *Mühlenstraße* to the *Mühlentor*. He continues his way along the *Mühlenwall* and the *Holstenwall* and crosses the *Stadtgraben* to visit Hans Hansen's house in the *Lindenplatz*, which is close to the railway line. He then returns into the old town through the *Holstentor* and makes his way up one of the old streets leading from the *Holstenhafen* to his father's house, *Mengstraße* No. 4.

44. **wo Fleischer mit blutigen Händen ihre Ware wogen.** The same phrase occurs in a similar description of the market-place in *Buddenbrooks* (X, 7). In *Dichtung und Wahrheit* (Bk. I, Chapter I) Goethe records how as a boy he fled in horror from the "Fleischbänken" in the Frankfurt market-place.

45. **den frommen Spruch.** Old German houses often have pious maxims painted on their façade. Over the entrance to the *Buddenbrookhaus* was written: "Dominus providebit" (*Buddenbrooks*, I, 10).

45. **die Windfangtür.** The inner of double doors to exclude the draught. The first door would be the *Haustür*. *Windfang* is the usual term for a porch.

46. **Diele.** The same word as 'deal'. It originally referred to *der gedielte Fußboden* or *die Dielen*. But in North-West Germany *die Diele* is the 'entrance-hall', *der Hausflur im Parterre*, and here is paved with flag-stones.

46. **Holzgelasse.** Apparently small cubicle-like rooms giving on to a narrow gallery reached by a kind of open wooden staircase from

the *Diele*. Mrs. Lowe-Porter translates the passage thus: "the curious projecting structure of rough boards, but cleanly varnished, that had been the servants' quarters"; Professor B. Q. Morgan thus: "the strange, clumsy, but neatly varnished partition-rooms jutted out from the wall at a considerable height; these were the servants' rooms..." The description appears in almost identical words in *Buddenbrooks* (I, 8) where reference is also made to the "weißlackierte, durchbrochene Holzgeländer" and to the fact that the "Zwischengeshoß" is "drei Zimmer tief, das Frühstuckszimmer, das Schlafzimmer meiner Eltern, und ein wenig benutzter Raum nach dem Garten hinaus." Just as the two houses of *Buddenbrooks* coalesce in one in *Tonio Kröger*, so do the events. In the novel the *Konsulin* (*geborene Kröger*) does indeed die in that room "unter schweren Kämpfen" (they occupy several pages of print, IX, 1), but her son Thomas dies in his elegant new house, and it is there that his son Hanno, like Tonio in the *Novelle*, sat at the foot of the bed (X, 8).

51. **Porteföhch.** The policeman's attempt to produce the 'l' *mouillé*.

53. **den Strand...die Ostsee.** Travemünde, still a fashionable summer resort on the Baltic, 12½ miles down the river, plays a prominent part in *Buddenbrooks*.

54. **die Sderne.** An attempt to reproduce phonetically the North-West German 'st', the pure s+consonant, the so-called *Spitz* sound. Cf. *Sdehen* and *versdehen*, p. 54, *Sbaß*, p. 55. The *singende Betonung* is characteristic of Hamburg intonation.

54. **eines berühmten französischen Schriftstellers.** Could this possibly be Bergson whose emphasis on intuition had such influence on French writers like André Gide, Romain Rolland, Claudel and Péguy?

57. **Kopenhagen.** The principal sights are: the *Kongens Nytorv* (*des Königs Neumarkt*) one of Copenhagen's busiest centres and finest squares (in the centre is the equestrian statue of King Christian V, affectionately known to the townsfolk as "the Horse"); the *Frue Kirche* with Thorwaldsen's famous sculptures of Christ and the Twelve Apostles; the *Round Tower*; and numerous palaces. *Tivoli* is an amusement park. It is significant that Tonio stood "lange vor Thorwaldsens edlen und lieblichen Bildwerken", for these play a part in the interior decoration in *Buddenbrooks*. Thomas Buddenbrook's new house is decorated with "Reliefs nach Thorwaldsen" (VII, 6). There is "eine Kopie von Thorwaldsens Segnendem Christus" in the Buddenbrook House in the *Mengstraße* and this plays a conspicuous part in the lying-in-state of the Konsulin (IX, 3) and of the Senator (X, 9).

58. **Bord und Spind.** *Bord* is the North-West German word for 'shelf' instead of the usual *Brett*. *Spind* is used instead of the usual *Schrank* and is of East German origin.

62. **Beim Zweiten Frühstück.** The Danish *smørbrod* (literally 'butter-bread') consists of cold meats, salmon, sardines, cheeses, salads, etc. . . . laid out most appetizingly on a side table for guests to help themselves.

64. **Abendbrot.** North German for the usual *Abendessen*.

66. **Kapotthütchen,** 'bonnet'.

67. **Sandtorte.** Mrs. Lowe-Porter translates this as "Sponge cake", B. Q. Morgan as "Madeira cake". From a comparison of recipes, the nearest approximation would appear to be the English sand cake in which cornflour takes the place of *Kartoffelmehl* in the German variety.

67. **Krümel,** North and West German, 'crumb'. In South German *Brosamen* or more commonly *Brösel*.

68. **Heringssalat.** A favourite German supper dish.

70. **die neun Symphonien,** by Beethoven, *Die Welt als Wille und Vorstellung* of Schopenhauer, and *Das Jüngste Gericht* of Michael Angelo in the Sistine Chapel in the Vatican. Each represents the highest achievement of its kind.

72. **Tak! O, mange Tak!** Danish, 'many thanks'.

73. **Dort unten in Arkadien.** Arcadia, a mountainous district in the Peleponnese has, since the Renascence, typified a region of idyllic life. Goethe uses it as the motto of his *Italienische Reise*; "*Auuh ich in Arkadien.*"

74. **nur ein tönendes Erz.** I Cor., XIII, 2.